語言鳥Parrot

語言是通往世界的橋梁

語言鳥Parrot
語言是通往世界的橋梁

語言鳥 **P**arrot

MP3
附40音發音表

不具備英語或日語能力的你 -

輕鬆

學韓語

小小一本,讓你輕鬆上手

旅遊會話篇

輕鬆的心情學習的旅行 한국어

Korean – Tourist's Conversation

KOREA

Have a nice trip

金妍熙 企編
김연희 편저

想去韓國自助旅行嗎?

充實的旅遊會話、單字

通通都在這一本!

韓國文字的結構

　　韓文為表音文字，分為子音和母音，韓文字就是由子音和母音所組合而成。基本母音和子音各為10個字和14個字，總共24個字。基本母音和子音在經過組合之後，形成 16 個複合母音和子音，提高其整體組織性，這就是「韓語40音」。

　　每個韓文字代表一個音節，每音節最多有四個音素，而每字的結構最多由五個字母來組成，其組合方式有以下幾種：

1. 子音加母音，例如：나（我）
2. 子音加母音加子音，例如：방（房間）
3. 子音加複合母音，例如：귀（耳）
4. 子音加複合母音加子音，例如：광（光）
5. 一個子音加母音加兩個子音，例如：값（價錢）

韓語 40 音發音對照表

一、基本母音（10個）

	ㅏ	ㅑ	ㅓ	ㅕ	ㅗ	ㅛ	ㅜ	ㅠ	ㅡ	ㅣ
名稱	아	야	어	여	오	요	우	유	으	이
拼音發音	a	ya	eo	yeo	o	yo	u	yu	eu	i
注音發音	ㄚ	一ㄚ	ㄛ	一ㄛ	ㄡ	一ㄡ	ㄨ	一ㄨ	(ㄜ)	一

說　明

- 韓語母音「ㅡ」的發音和「ㄜ」發音有差異，但嘴型要拉開，牙齒快要咬住的狀態，才發得準。
- 韓語母音「ㅓ」的嘴型比「ㅗ」還要大，整個嘴巴要張開成「大O」的形狀，「ㅗ」的嘴型則較小，整個嘴巴縮小到只有「小o」的嘴型，類似注音「ㄡ」。
- 韓語母音「ㅕ」的嘴型比「ㅛ」還要大，整個嘴巴要張開成「大O」的形狀，類似注音「一ㄛ」，「ㅛ」的嘴型則較小，整個嘴巴縮小到只有「小o」的嘴型，類似注音「一ㄡ」。

二、基本子音（10個）

	ㄱ	ㄴ	ㄷ	ㄹ	ㅁ	ㅂ	ㅅ	ㅇ	ㅈ	ㅊ
名稱	기역	니은	디귿	리을	미음	비읍	시옷	이응	지읒	치읓
拼音發音	k/g	n	t/d	r/l	m	p/b	s	ng	j	ch
注音發音	ㄎ	ㄋ	ㄊ	ㄌ	ㄇ	ㄆ	ㄙ,（ㄒ）	不發音	ㄗ	ㄘ

說　明

- 韓語子音「人」有時讀作「ㄙ」的音，有時則讀作「ㄒ」的音，「ㄒ」音是跟母音「ㅣ」搭在一塊時才會出現。
- 韓語子音「ㅇ」放在前面或上面不發音；放在下面則讀作「ng」的音，像是用鼻音發「嗯」的音。
- 韓語子音「ㅈ」的發音和注音「ㄗ」類似，但是發音的時候更輕，氣更弱一些。

三、基本子音（氣音4個）

	ㅋ	ㅌ	ㅍ	ㅎ
名　稱	키읔	티읕	피읖	히읗
拼音發音	k	t	p	h
注音發音	ㄎ	ㄊ	ㄆ	ㄏ

說　明

- 韓語子音「ㅋ」比「ㄱ」的較重，有用到喉頭的音，音調類似國語的四聲。
  ㅋ＝ㄱ＋ㅎ
- 韓語子音「ㅌ」比「ㄷ」的較重，有用到喉頭的音，音調類似國語的四聲。
  ㅌ＝ㄷ＋ㅎ
- 韓語子音「ㅍ」比「ㅂ」的較重，有用到喉頭的音，音調類似國語的四聲。
  ㅍ＝ㅂ＋ㅎ

四、複合母音（11個）

	ㅐ	ㅒ	ㅔ	ㅖ	ㅘ	ㅙ	ㅚ	ㅞ	ㅝ	ㅟ	ㅢ
名稱	애	얘	에	예	와	왜	외	웨	워	위	의
拼音發音	ae	yae	e	ye	wa	wae	oe	we	wo	wi	ui
注音發音	ㄝ	ㄧㄝ	ㄟ	ㄧㄟ	ㄨㄚ	ㄨㄝ	ㄨㄟ	ㄨㄟ	ㄨㄛ	ㄨㄧ	ㄜㄧ

說 明

- 韓語母音「ㅐ」比「ㅔ」的嘴型大，舌頭的位置比較下面，發音類似「ae」；「ㅔ」的嘴型較小，舌頭的位置在中間，發音類似「e」。不過一般韓國人讀這兩個發音都很像。
- 韓語母音「ㅒ」比「ㅖ」的嘴型大，舌頭的位置比較下面，發音類似「yae」；「ㅖ」的嘴型較小，舌頭的位置在中間，發音類似「ye」。不過很多韓國人讀這兩個發音都很像。
- 韓語母音「ㅚ」和「ㅞ」比「ㅙ」的嘴型小些，「ㅙ」的嘴型是圓的；「ㅚ」、「ㅞ」則是一樣的發音，不過很多韓國人讀這三個發音都很像，都是發類似「we」的音。

五、複合子音（5個）

名　　稱	ㄲ	ㄸ	ㅃ	ㅆ	ㅉ
名　　稱	쌍기역	쌍디귿	쌍비읍	쌍시옷	쌍지읒
拼音發音	kk	tt	pp	ss	jj
注音發音	ㄍ	ㄉ	ㄅ	ㄙ	ㄗ

[說　明]

• 韓語子音「ㅆ」比「ㅅ」用喉嚨發重音，音調類似國語的四聲。

• 韓語子音「ㅉ」比「ㅈ」用喉嚨發重音，音調類似國語的四聲。

六、韓語發音練習

	ㅏ	ㅑ	ㅓ	ㅕ	ㅗ	ㅛ	ㅜ	ㅠ	ㅡ	ㅣ
ㄱ	가	갸	거	겨	고	교	구	규	그	기
ㄴ	나	냐	너	녀	노	뇨	누	뉴	느	니
ㄷ	다	댜	더	뎌	도	됴	두	듀	드	디
ㄹ	라	랴	러	려	로	료	루	류	르	리
ㅁ	마	먀	머	며	모	묘	무	뮤	므	미
ㅂ	바	뱌	버	벼	보	뵤	부	뷰	브	비
ㅅ	사	샤	서	셔	소	쇼	수	슈	스	시
ㅇ	아	야	어	여	오	요	우	유	으	이
ㅈ	자	쟈	저	져	조	죠	주	쥬	즈	지
ㅊ	차	챠	처	쳐	초	쵸	추	츄	츠	치
ㅋ	카	캬	커	켜	코	쿄	쿠	큐	크	키
ㅌ	타	탸	터	텨	토	툐	투	튜	트	티
ㅍ	파	퍄	퍼	펴	포	표	푸	퓨	프	피
ㅎ	하	햐	허	혀	호	효	후	휴	흐	히
ㄲ	까	꺄	꺼	껴	꼬	꾜	꾸	뀨	끄	끼
ㄸ	따	땨	떠	뗘	또	뚀	뚜	뜌	뜨	띠
ㅃ	빠	뺘	뻐	뼈	뽀	뾰	뿌	쀼	쁘	삐
ㅆ	싸	쌰	써	쎠	쏘	쑈	쑤	쓔	쓰	씨
ㅉ	짜	쨔	쩌	쪄	쪼	쬬	쭈	쮸	쯔	찌

第一章
한국에 여행가기
去韓國旅行

第二章
한국 도착
抵達韓國

第三章
호텔
飯店

第四章
交通

第五章
餐廳

第六章

百貨公司與商店

第七章
관광
觀光

第八章
긴급 상황
緊急情況

第九章

기본 회화

基本會話

第十章

여행 필수 단어

旅遊必備單字

隨身筆記
NOTE BOOK

第一章

한국에 여행가기

去韓國旅行

여행 계획
yeo haeng gye hoek
旅遊計畫

MP3 008

實用例句

이번 휴가 때에 무슨 계획이 있으세요?
i beon hyu ga ttae e mu seun gye hoe gi i sseu se yo
這次的休假你有什麼計畫?

이번 여름에는 꼭 여행을 가고 싶어요.
i beon yeo reu me neun kkok yeo haeng eul kka go si
peo yo
這個夏天我很想去旅行。

한국 여행을 가고 싶습니다.
han guk yeo haeng eul kka go sip sseum ni da
我想去韓國旅行。

언제 여행을 떠나고 싶어요?
eon je yeo haeng eul tteo na go si peo yo
你什麼時候想去旅行?

여행을 떠난다면 어디로 가고 싶어요?
yeo haeng eul tteo nan da myeon eo di ro ga go si

去旅行的話，你想去哪裡？

情境會話

A 이번 여름 방학엔 뭐 할 거예요?
i beon yeo reum bang ha gen mwo hal kkeo ye yo

B 시간이 있으면 가족들과 같이 한국에 여행을 가고 싶어요.
si ga ni i sseu myeon ga jok tteul kkwa ga chi han gu ge yeo haeng eul kka go si peo yo

A 아주 좋은 계획이군요. 한국에 여행을 가면 선물 좀 부탁해요.
a ju jo eun gye hoe gi gu nyo han gu ge yeo haeng eul kka myeon seon mul jom bu ta kae yo

B 당연히 문제없어요.
dang yeon hi mun je eop sseo yo

中 譯

A 這次的暑假你要做什麼？
B 如果有時間的話，我想和家人一起去韓國旅行。
A 很不錯的計劃耶！你去韓國旅行的話，要買禮物給我喔！
B 當然沒問題。

關鍵句型

─ 에 뭐 할 거예요?
─── 你要做什麼?

造　句

이번 주말에 뭐 할 거예요?
i beon ju ma re mwo hal kkeo ye yo
這個周末你要做什麼?

월요일에 뭐 할 거예요?
wo ryo i re mwo hal kkeo ye yo
星期一你要做什麼?

너 오늘 밤에 뭐 할 거야?
neo o neul ppa me mwo hal kkeo ya
你今天晚上要做什麼?

졸업 후에 뭐 할 거야?
jo reop hu e mwo hal kkeo ya
畢業後你要做什麼?

여행에 관한 화제

yeo haeng e gwan han hwa je

旅遊相關話題

實用例句

여행 준비에서 빼놓을 수 없는 것이 여행 가 방입니다.

yeo haeng jun bi e seo ppae no eul ssu eom neun geo si yeo haeng ga bang im ni da

旅行準備中不可或缺的東西就是旅行箱。

여행에 관한 얘기로 옮깁시다.

yeo haeng e gwan han yae gi ro om gip ssi da

我們聊聊旅遊的話題吧。

언제 여행을 떠날 거예요?

eon je yeo haeng eul tteo nal kkeo ye yo

你什麼時候要去旅行?

언니가 제주도에 여행을 갔어요.

eon ni ga je ju do e yeo haeng eul kka sseo yo

姊姊去濟州島旅行了。

다음 달에 여행을 갈 예정입니다.

da eum da re yeo haeng eul kkal ye jeong im ni da

我預計下個月要去旅行。

情境會話

A 곧 설날 연휴인데 뭐 할 거예요?

got seol lal yeon hyu in de mwo hal kkeo ye yo

B 아직 결정하지 않았는데 한국 여행을 갈 생각입니다.

a jik gyeol jeong ha ji a nan neun de han guk yeo haeng eul kkal ssaeng ga gim ni da

A 한국은 가 볼 만한 곳이에요. 전 작년에 갔다 왔어요.

han gu geun ga bol man han go si e yo jeon jang nyeo ne gat tta wa sseo yo

B 정말요? 꼭 가 봐야 할 곳을 몇 군데 추천해 주세요.

jeong ma ryo kkok ga bwa ya hal kko seul myeot gun de chu cheon hae ju se yo

中 譯

A 馬上就是春節連假了，你要做什麼？

B 還沒有決定，但有打算去韓國旅行。

A 韓國是很值得一去的地方，我去年去過了。

B 真的嗎？請推薦幾個一定要去的地方給

我。

내일 —— 인데 뭐 할 거예요?
明天就是 —— 了，你要做什麼？

造　句

내일 일요일인데 뭐 할 거예요?
nae il i ryo i rin de mwo hal kkeo ye yo
明天就是星期日了，你要做什麼？

내일 주말인데 뭐 할 거예요?
nae il ju ma rin de mwo hal kkeo ye yo
明天就是周末了，你要做什麼？

내일 추석인데 뭐 할 거예요?
nae il chu seo gin de mwo hal kkeo ye yo
明天就是中秋了，你要做什麼？

내일이 네 생일인데 뭐 할 거야?
nae i ri ne saeng i rin de mwo hal kkeo ya
明天就是你的生日了，你要做什麼？

기내에서
gi nae e seo

飛機內

MP3 **010**

實用例句

제 짐을 어디에 두면 될까요?
je ji meul eo di e du myeon doel kka yo
我的行李要放在哪裡？

제 좌석을 안내해 주시겠습니까?
je jwa seo geul an nae hae ju si get sseum ni kka
可以帶我到我的位子上嗎？

손님 좌석은 35C입니다.
son nim jwa seo geun sam si bo c im ni da
乘客您的位子是35C。

28E 자리는 어디예요?
i sip pal e jja ri neun eo di ye yo
28E的位子在哪裡？

짐을 여기에 둬도 됩니까?
ji meul yeo gi e dwo do doem ni kka
行李可以放這裡嗎？

여기가 손님 좌석입니다.
yeo gi ga son nim jwa seo gim ni da
這裡是乘客您的坐位。

가방은 좌석 밑에 넣어 주세요.
ga bang eun jwa seok mi te neo eo ju se yo
請將包包放入坐位底下。

좌석 벨트를 매어 주십시오.
jwa seok bel teu reul mae eo ju sip ssi o
請您系上坐位的安全帶。

지금 안전벨트를 풀어도 됩니까?
ji geum an jeon bel teu reul pu reo do doem ni kka
現在可以解開安全帶嗎？

중국어 신문이 있습니까?
jung gu geo sin mu ni it sseum ni kka
有中文的報紙嗎？

이어폰 사용방법 좀 가르쳐 주십시오.
i eo pon sa yong bang beop jom ga reu cheo ju sip
ssi o
請告訴我耳機的使用方法。

이제 면세품 판매 서비스를 시작하겠습니다.
i je myeon se pum pan mae seo bi seu reul ssi ja ka

get sseum ni da

現在開始提供免稅品銷售服務。

대만돈으로 지불해도 되나요?

dae man do neu ro ji bul hae do doe na yo

可以用台幣付款嗎？

토할 것 같습니다.

to hal kkeot gat sseum ni da

我好像快吐了。

베개 좀 주시겠어요?

be gae jom ju si ge sseo yo

可以給我枕頭嗎？

이거 어떻게 끄나요?

i geo eo tteo ke kkeu na yo

這個怎麼關掉？

담요 한 장 더 필요합니다.

dam nyo han jang deo pi ryo ham ni da

我還需要一件毛毯。

면세품을 사고 싶습니다.

myeon se pu meul ssa go sip sseum ni da

我想買免稅商品。

비행기는 몇 시에 도착합니까?

bi haeng gi neun myeot si e do cha kam ni kka

飛機抵點抵達？

멀미약이 있습니까?

meol mi ya gi it sseum ni kka

有暈車藥嗎？

화장실은 어디에 있습니까?

hwa jang si reun eo di e it sseum ni kka

廁所在哪裡？

펜 하나 빌릴 수 있을까요?

pen ha na bil lil su i sseul kka yo

可以借我一隻筆嗎？

한국은 지금 몇 시인가요?

han gu geun ji geum myeot si in ga yo

韓國現在幾點？

情境會話

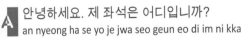

A 안녕하세요. 제 좌석은 어디입니까?

an nyeong ha se yo je jwa seo geun eo di im ni kka

B 탑승권을 보여 주시겠습니까?

tap sseung gwo neul ppo yeo ju si get sseum ni kka

A 여기 있습니다.
yeo gi it sseum ni da

B 저쪽입니다. 제가 안내해 드리겠습니다.
jeo jjo gim ni da je ga an nae hae deu ri get sseum ni da

中　譯

A 您好，請問我的位子在哪裡？
B 可以給我看您的登機證嗎？
A 在這裡。
B 您的坐位在那裡，我帶您過去。

關鍵句型

── 좀 보여 주시겠습니까?
可以給我看您的──嗎？

造　句

신분증 좀 보여 주시겠습니까?
sin bun jeung jom bo yeo ju si get sseum ni kka
可以給我看您的身分證嗎？

티켓 좀 보여 주시겠습니까?
ti ket jom bo yeo ju si get sseum ni kka
可以給我看您的票嗎？

여권 좀 보여 주시겠습니까?

yeo gwon jom bo yeo ju si get sseum ni kka

可以給我看您的護照嗎？

운전면허증 좀 보여 주시겠습니까?

un jeon myeon heo jeung jom bo yeo ju si get sseum

ni kka

可以給我看您的駕照嗎？

기내식
gi nae sik

機上餐

MP3 011

實用例句

식사할 때 깨워주십시오.
sik ssa hal ttae kkae wo ju sip ssi o
用餐時請叫醒我。

마실 것은 뭘로 하시겠습니까?
ma sil geo seun mwol lo ha si get sseum ni kka
您要喝什麼？

커피, 우롱차, 주스, 맥주와 콜라 등이 있습니다.
keo pi u rong cha ju seu maek jju wa kol la deung i it sseum ni da
有咖啡、烏龍茶、果汁、啤酒和可樂等。

물을 마시고 싶습니다.
mu reul ma si go sip sseum ni da
我想喝水。

맥주를 한 캔 더 부탁합니다.

maek jju reul han kaen deo bu ta kam ni da
再給我一罐啤酒。

콜라 부탁드립니다.
kol la bu tak tteu rim ni da
請給我可樂。

커피 한 잔 부탁드립니다.
keo pi han jan bu tak tteu rim ni da
請給我一杯咖啡。

물수건 하나만 더 주실래요?
mul su geon ha na man deo ju sil lae yo
可以再給我一個濕巾嗎？

맥주 한 잔 주실래요?
maek jju han jan ju sil lae yo
可以給我一杯啤酒嗎？

이것 좀 치워 주실래요?
i geot jom chi wo ju sil lae yo
這個可以幫我收走嗎？

한 잔 더 마실 수 있습니까?
han jan deo ma sil su it sseum ni kka
我可以再喝一杯嗎？

情境會話

A 닭고기로 하시겠습니까? 아니면 소고기로
하시겠습니까?
dal kko gi ro ha si get sseum ni kka a ni myeon so go
gi ro ha si get sseum ni kka

B 닭고기로 부탁합니다.
dal kko gi ro bu ta kam ni da

A 음료는 무엇으로 하시겠습니까?
eum nyo neun mu eo seu ro ha si get sseum ni kka

B 사과 주스로 주세요.
sa gwa ju seu ro ju se yo

中　譯

- **A** 您要雞肉還是牛肉？
- **B** 請給我雞肉。
- **A** 飲料您要喝什麼？
- **B** 請給我蘋果果汁。

關鍵句型

── 좀 주세요.
請給我 ── 。

造　句

물 좀 주세요.

mul jom ju se yo

請給我水。

먹을 거 좀 주세요.

meo geul kkeo jom ju se yo

請給我吃的。

돈 좀 주세요.

don jom ju se yo

請給我錢。

휴지 좀 주세요.

hyu ji jom ju se yo

請給我衛生紙。

隨身筆記

NOTE BOOK

~~~~~~~~~~~~~~~

~~~~~~~~~~~~~~~

~~~~~~~~~~~~~~~

~~~~~~~~~~~~~~~

~~~~~~~~~~~~~~~

~~~~~~~~~~~~~~~

~~~~~~~~~~~~~~~

~~~~~~~~~~~~~~~

~~~~~~~~~~~~~~~

~~~~~~~~~~~~~~~

第二章

한국도착

抵達韓國

입국심사
ip kkuk ssim sa

入境審查

MP3 012

實用例句

여권과 입국신고서를 보여 주세요.
yeo gwon gwa ip kkuk ssin go seo reul ppo yeo ju se
yo

請出示護照和入境申請書。

어디에서 오셨습니까?
eo di e seo o syeot sseum ni kka

你從哪裡來？

저는 대만에서 왔습니다.
jeo neun dae ma ne seo wat sseum ni da

我是從台灣來的。

여기서 얼마나 계실 겁니까?
yeo gi seo eol ma na gye sil geom ni kka

你要在這裡待多久？

방문 목적이 무엇입니까?
bang mun mok jjeo gi mu eo sim ni kka

你來這裡的目的是什麼？

한국어 어학연수 때문입니다.
han gu geo eo ha gyeon su ttae mu nim ni da
我是來學韓語的。

이곳에 출장왔습니다.
i go se chul jang wat sseum ni da
我來這裡出差的。

미안하지만 알아 들을 수 없습니다.
mi an ha ji man a ra deu reul ssu eop sseum ni da
對不起，我聽不懂。

직업이 무엇입니까?
ji geo bi mu eo sim ni kka
你的職業是什麼？

돈은 얼마나 가지고 있습니까?
do neun eol ma na ga ji go it sseum ni kka
你帶了多少錢？

친구 집에 묵을 것입니다.
chin gu ji be mu geul kkeo sim ni da
我要住在朋友家。

情境會話

A 한국에 얼마 동안 머무르십니까?
han gu ge eol ma dong an meo mu reu sim ni kka

B 일주일 머무를 예정입니다.
il ju il meo mu reul ye jeong im ni da

A 어디에 머무를 예정입니까?
eo di e meo mu reul ye jeong im ni kka

B 아직 정하지 못했습니다.
a jik jeong ha ji mo taet sseum ni da

中　譯

A 你要在韓國待多久？
B 我預計要待一星期。
A 你打算住在哪裡？
B 我還沒有決定好。

關鍵句型

── 머무를 예정입니다.
我預計要待 ── 。

造　句

삼사일정도 머무를 예정입니다.
sam sa il jeong do meo mu reul ye jeong im ni da
我預計要待3、4天左右。

7일 동안 머무를 예정입니다.

chi ril dong an meo mu reul ye jeong im ni da

我預計要待七天。

3개월 이상 머무를 예정입니다.

sam gae wol i sang meo mu reul ye jeong im ni da

我預計要待三個月以上。

한 달동안 머무를 예정입니다.

han dal ttong an meo mu reul ye jeong im ni da

我預計要待一個月。

짐 찾기
jim chat kki
提領行李

013

實用例句

짐을 찾는 곳은 어디입니까?
ji meul chan neun go seun eo di im ni kka
領取行李的地方在哪裡？

짐이 여기서 나옵니까?
ji mi yeo gi seo na om ni kka
行李會從這裡出來嗎？

카트가 어디죠?
ka teu ga eo di jyo
行李推車在哪裡？

제 가방은 어디서 찾아야 하죠?
je ga bang eun eo di seo cha ja ya ha jyo
我的包包該在哪裡領取？

제 짐이 아직 안 나왔어요.
je ji mi a jik an na wa sseo yo
我的行李還沒出來。

제 여행 가방이 조금 손상되었는데요.

je yeo haeng ga bang i jo geum son sang doe eon

neun de yo

我的旅行箱有點損傷。

분실물 창구가 어디죠?

bun sil mul chang gu ga eo di jyo

遺失物窗口在哪裡？

제 짐을 못 찾겠어요.

je ji meul mot chat kke sseo yo

我找不到我的行李。

가방 찾는 것 좀 도와 주세요.

ga bang chan neun geot jom do wa ju se yo

請你協助我找尋我的包包。

제 짐이 없어졌어요.

je ji mi eop sseo jeo sseo yo

我的行李不見了。

언제쯤 제 가방을 찾을 수 있을까요?

eon je jjeum je ga bang eul cha jeul ssu i sseul kka yo

什麼時候可以找到我的包包呢？

情境會話

A 여기가 분실물 창구죠? 제 짐을 잃어버린 것 같아요.

yeo gi ga bun sil mul chang gu jyo je ji meul i reo beo rin geot ga ta yo

B 짐 몇 개를 분실하셨나요?

jim myeot gae reul ppun sil ha syeon na yo

A 짐 한 개를 못 찾겠어요.

jim han gae reul mot chat kke sseo yo

B 짐이 어떻게 생겼는지 말씀해 주시겠어요?

ji mi eo tteo ke saeng gyeon neun ji mal sseum hae ju si ge sseo yo

A 제 이름표가 붙어 있는 작은 빨간색 여행 가방입니다.

je i reum pyo ga bu teo in neun ja geun ppal kkan saek yeo haeng ga bang im ni da

---

中　譯

A 這裡是遺失物窗口，對嗎？我的行李好像弄丟了。

B 您有幾個行李遺失了呢？

A 我有一個行李找不到。

B 您可以告訴我那個行李長什麼樣子嗎？

A 是有貼著我的名字的小型紅色旅行箱。

— 이/가 어디죠?
—— 在哪裡？

造 句

여기가 어디죠?
yeo gi ga eo di jyo
這裡是哪裡？

정확한 위치가 어디죠?
jeong hwa kan wi chi ga eo di jyo
正確的位置在哪裡？

탈의실이 어디죠?
ta rui si ri eo di jyo
更衣室在哪裡？

화장실이 어디죠?
hwa jang si ri eo di jyo
化妝室在哪裡？

세관
se gwan

海關

MP3 014

實用例句

세관 신고서를 보여 주시겠습니까?
se gwan sin go seo reul ppo yeo ju si get sseum ni kka
報關單可以給我看一下嗎？

가방을 열어 보세요.
ga bang eul yeo reo bo se yo
請您打開包包。

이건 뭐죠?
i geon mwo jyo
這是什麼？

그건 제 개인 용품입니다.
geu geon je gae in yong pu mim ni da
那是我的個人用品。

이것들은 무엇입니까?
i geot tteu reun mu eo sim ni kka
這些是什麼？

친구에게서 받은 선물입니다.
chin gu e ge seo ba deun seon mu rim ni da
是從朋友那收到的禮物。

담배 한 보루가 있습니다.
dam bae han bo ru ga it sseum ni da
有一條香菸。

술이 두 병 있습니다.
su ri du byeong it sseum ni da
有兩瓶酒。

이것이 짐 전부입니까?
i geo si jim jeon bu im ni kka
這是你所有的行李嗎？

가지고 온 식물이나 동물이 있습니까?
ga ji go on sing mu ri na dong mu ri it sseum ni kka
你有帶任何植物或動物來嗎？

그 알약은 제 멀미약입니다.
geu a rya geun je meol mi ya gim ni da
那個藥丸是我的暈車藥。

이건 얼마에 사셨나요?
i geon eol ma e sa syeon na yo
這個你花多少錢買的？

이거 신고해야 하는 건가요?
i geo sin go hae ya ha neun geon ga yo
這個必須要申報嗎？

이것은 세금을 내야합니다.
i geo seun se geu meul nae ya ham ni da
這個必須要繳納稅金。

이건 밖으로 가지고 가실 수 없습니다.
i geon ba kkeu ro ga ji go ga sil su eop sseum ni da
這個不可以帶出去外面。

이제 가방을 닫아도 되나요?
i je ga bang eul tta da do doe na yo
我現在可以關上包包了嗎？

다 끝났습니다. 가셔도 좋습니다.
da kkeun nat sseum ni da ga syeo do jo sseum ni da
已經結束了，您可以走了。

情境會話

 다른 가방은 없으신가요?
da reun ga bang eun eop sseu sin ga yo

 없습니다.
eop sseum ni da

A 신고할 물건이 있습니까?
sin go hal mul geo ni it sseum ni kka

B 없습니다.
eop sseum ni da

A 협조해 주셔서 감사합니다. 가셔도 됩니다.
hyeop jjo hae ju syeo seo gam sa ham ni da ga syeo
do doem ni da

中　譯

A 您沒有其他包包了嗎？
B 沒有了。
A 你有需要申報的物品嗎？
B 沒有。
A 謝謝您的合作，您可以走了。

關鍵句型

── 주셔서 감사합니다.
謝謝您為我 ── 。

造　句

응원해 주셔서 너무 감사합니다.
eung won hae ju syeo seo neo mu gam sa ham ni da
謝謝您為我加油。

와 주셔서 너무 감사합니다.
wa ju syeo seo neo mu gam sa ham ni da
謝謝您能來。

도와 주셔서 너무 감사합니다.
do wa ju syeo seo neo mu gam sa ham ni da
謝謝您能幫助我。

시간을 내 주셔서 감사합니다.
si ga neul nae ju syeo seo gam sa ham ni da
謝謝您能撥時間給我。

환전
hwan jeon

換錢

實用例句

가장 가까운 은행은 어디에 있습니까?
ga jang ga kka un eun haeng eun eo di e it sseum ni kka

最近的銀行在哪裡？

어디에서 돈을 바꿀 수 있습니까?
eo di e seo do neul ppa kkul su it sseum ni kka

哪裡可以換錢呢？

은행은 몇 시에 엽니까?
eun haeng eun myeot si e yeom ni kka

銀行幾點開門？

은행은 몇 시에 닫습니까?
eun haeng eun myeot si e dat sseum ni kka

銀行幾點關門？

현금을 어떻게 드릴까요?
hyeon geu meul eo tteo ke deu ril kka yo

現金要怎麼換給您呢？

돈을 바꾸려고 하는데요.
do neul ppa kku ryeo go ha neun de yo
我想要換錢。

한국돈으로 바꿔 주시겠습니까?
han guk tto neu ro ba kkwo ju si get sseum ni kka
可以幫我換成韓元嗎？

환전을 좀 해야겠는데요.
hwan jeo neul jjom hae ya gen neun de yo
我得換錢。

환률은 얼마입니까?
hwal lyu reun eol ma im ni kka
匯率是多少？

오늘 일 달러에 얼마예요?
o neul il dal leo e eol ma ye yo
今天一美元兌換多少韓元？

저기에 환전소가 있어요.
jeo gi e hwan jeon so ga i sseo yo
那裡有換錢所。

공항 안에 있는 환전소는 거의 다 환율이 좋

지 않아요.

gong hang a ne in neun hwan jeon so neun geo ui da

hwa nyu ri jo chi a na yo

機場裡的換錢所幾乎匯率不太好。

여행자 수표를 현금으로 바꾸려고 합니다.

yeo haeng ja su pyo reul hyeon geu meu ro ba kku

ryeo go ham ni da

我想把旅行支票換成現金。

이 수표를 현금으로 바꿔주세요.

i su pyo reul hyeon geu meu ro ba kkwo ju se yo

這張支票請幫我換成現金。

어떻게 바꿔 드릴까요?

eo tteo ke ba kkwo deu ril kka yo

錢要怎麼幫您換呢？

모두 5만원 짜리로 주세요.

mo du o ma nwon jja ri ro ju se yo

全部給我五萬韓元的紙鈔。

잔돈도 필요합니다.

jan don do pi ryo ham ni da

我也需要零錢。

情境會話

A 안녕하세요. 무엇을 도와 드릴까요?

an nyeong ha se yo mu eo seul tto wa deu ril kka yo

B 500달러를 한국돈으로 환전하면 얼마인가요?

o baek ttal leo reul han guk tto neu ro hwan jeon ha myeon eol ma in ga yo

A 오늘 일 달러에 1100 원이에요. 한국돈으로 환전하면 모두 55만원입니다.

o neul il dal leo e cheon bae gwo ni e yo han guk tto neu ro hwan jeon ha myeon mo du o si bo ma nwo nim ni da

B 그럼, 여기 500달러가 있습니다. 확인해 보세요.

geu reom yeo gi o baek ttal leo ga it sseum ni da hwa gin hae bo se yo

---

中　譯

Ⓐ 您好，能幫您什麼忙？
Ⓑ 500美金換成韓幣的話是多少錢？
Ⓐ 今天一美元兌換1100韓元。換成韓幣的話，總共是55萬韓元。
Ⓑ 這裡是500元美金，請您確認。

─ 은/는 어디에 있습니까?
─── 在哪裡?

造 句

당신은 어디에 있습니까?
dang si neun eo di e it sseum ni kka
你在哪裡?

주차장은 어디에 있습니까?
ju cha jang eun eo di e it sseum ni kka
停車場在哪裡?

기차역은 어디에 있습니까?
gi cha yeo geun eo di e it sseum ni kka
火車站在哪裡?

공중전화는 어디에 있습니까?
gong jung jeon hwa neun eo di e it sseum ni kka
公共電話在哪裡?

공항안내소
gong hang an nae so

機場服務台

MP3 016

實用例句

택시 정류장이 어디예요?
taek ssi jeong nyu jang i eo di ye yo
攔計程車的地方在哪裡？

시내에 가는 버스는 있나요?
si nae e ga neun beo seu neun in na yo
有前往市區的公車嗎？

관광 팜플렛이 있어요?
gwan gwang pam peul le si i sseo yo
有觀光小冊子嗎？

버스 타는 곳은 어디입니까?
beo seu ta neun go seun eo di im ni kka
搭公車的地方在哪裡？

동대문은 어떻게 가는 거지요?
dong dae mu neun eo tteo ke ga neun geo ji yo
東大門該怎麼去呢？

여기서 렌트카 예약을 할 수 있나요?
yeo gi seo ren teu ka ye ya geul hal ssu in na yo
這裡可以預約租車嗎？

명동 근처의 호텔을 예약해 주세요.
myeong dong geun cheo ui ho te reul ye ya kae ju se yo
請幫我訂明洞附近的飯店。

호텔 리스트는 있나요?
ho tel ri seu teu neun in na yo
有飯店清單嗎？

이 지역 명소 안내책자 있습니까?
i ji yeok myeong so an nae chaek jja it sseum ni kka
有這地區的名勝景點手冊嗎？

이 지역 명소를 알려 주세요.
i ji yeok myeong so reul al lyeo ju se yo
請告訴我這地區的名勝景點。

하룻 밤 15만원정도로 묵을 수 있는 호텔을 찾는데요.
ha rut bam si bo ma nwon jeong do ro mu geul ssu in neun ho te reul chan neun de yo
我在找一個晚上15萬韓元左右的飯店。

情境會話

A 무엇을 도와 드릴까요?
mu eo seul tto wa deu ril kka yo

B 시내 지도를 받을 수 있을까요?
si nae ji do reul ppa deul ssu i sseul kka yo

A 물론입니다. 여기에 있습니다.
mul lo nim ni da yeo gi e it sseum ni da

B 그리고 여기서 호텔을 예약할 수 있나요?
geu ri go yeo gi seo ho te reul ye ya kal ssu in na yo

A 가능합니다. 어느 지역의 호텔을 원하세요?
ga neung ham ni da eo neu ji yeo gui ho te reul won
ha se yo

中　譯

A 能幫您什麼忙？
B 我可以領取市區的地圖嗎？
A 當然可以，在這裡。
B 還有這裡可以訂飯店嗎？
A 可以，您希望是位於哪一地區的飯店呢？

關鍵句型

── 는 곳은 어디입니까?
──── 的地方在哪裡？

당신이 일하는 곳은 어디입니까?
dang si ni il ha neun go seun eo di im ni kka
你工作的地方在哪裡？

한국어를 배울 수 있는 곳은 어디입니까?
han gu geo reul ppae ul su in neun go seun eo di im
ni kka
可以學習韓國語的地方在哪裡？

옷 입어보는 곳은 어디입니까?
ot i beo bo neun go seun eo di im ni kka
試穿衣服的地方在哪裡？

과일을 파는 곳은 어디입니까?
gwa i reul pa neun go seun eo di im ni kka
賣水果的地方在哪裡？

隨身筆記

NOTE BOOK

第三章

호텔
飯店

호텔 예약
ho tel ye yak

預約飯店

MP3 **017**

實用例句

서울 호텔입니까?
seo ul ho te rim ni kka

是首爾飯店嗎？

방을 예약하고 싶습니다.
bang eul ye ya ka go sip sseum ni da

我要預約房間。

빈 방이 있습니까?
bin bang i it sseum ni kka

有空房嗎？

싱글룸으로 주십시오.
sing geul lu meu ro ju sip ssi o

請給我單人床。

2인용 객실을 원합니다.
i i nyong gaek ssi reul won ham ni da

請給我雙人床。

2인용 빈 방 있나요?

i i nyong bin bang in na yo

還有兩個人住得房間嗎？

2인용 객실 요금이 얼마죠?

i i nyong gaek ssil yo geu mi eol ma jyo

兩人房的費用是多少？

이번 주 토요일에 묵을 방을 예약하고 싶습
니다.

i beon ju to yo i re mu geul ppang eul ye ya ka go sip
sseum ni da

我想預約這星期六要住的房間。

일박에 얼마입니까?

il ba ge eol ma im ni kka?

一個晚上多少錢？

좀 더 싼 방은 없습니까?

jom deo ssan bang eun eop sseum ni kka

有更便宜一點的房間嗎？

요금은 아침 식사 포함입니까?

yo geu meun a chim sik ssa po ha mim ni kka

費用有包含早餐嗎？

전망이 좋은 방으로 드릴까요?

jeon mang i jo eun bang eu ro deu ril kka yo

要給您景觀好一點的房間嗎？

조용한 방으로 주세요.

jo yong han bang eu ro ju se yo

請給我安靜的房間。

텔레비전은 있습니까?

tel le bi jeo neun it sseum ni kka

有電視嗎？

방을 볼 수 있습니까?

bang eul ppol su it sseum ni kka

可以看房間嗎？

이 방으로 하겠습니다.

i bang eu ro ha get sseum ni da

我要這間房間。

방에 목욕탕은 딸려 있습니까?

bang e mo gyok tang eun ttal lyeo it sseum ni kka

房間裡有浴缸嗎？

情境會話

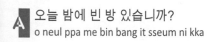

오늘 밤에 빈 방 있습니까?

o neul ppa me bin bang it sseum ni kka

B 네, 있습니다. 어떤 방을 원하십니까?
ne it sseum ni da eo tteon bang eul won ha sim ni kka

A 싱글 룸으로 주세요.
sing geul lu meu ro ju se yo.

B 며칠 묵으실 겁니까?
myeo chil mu geu sil geom ni kka

A 3일 동안 머물 겁니다.
sa mil dong an meo mul geom ni da

中　譯

Ⓐ 今天晚上有空房嗎？
Ⓑ 有空房，您要什麼樣的房間？
Ⓐ 請給我單人房。
Ⓑ 您要住幾天？
Ⓐ 我要住三天。

關鍵句型

─ 을/를 부탁합니다.
麻煩您給我 ── 。

造　句

룸 서비스를 부탁합니다.
rum seo bi seu reul ppu ta kam ni da
我想叫客房服務。

방 하나를 부탁합니다.
bang ha na reul ppu ta kam ni da
麻煩您給我一間房間。

안내를 부탁합니다.
an nae reul ppu ta kam ni da
麻煩您為我帶路。

해석을 부탁합니다.
hae seo geul ppu ta kam ni da
麻煩您幫我解釋。

체크인
che keu in
登記入住

체크인 부탁합니다.
che keu in bu ta kam ni da
我要check in。

예약하지 않았습니다.
ye ya ka ji a nat sseum ni da
我沒有預約。

죄송합니다만, 예약되어 있지 않은데요.
joe song ham ni da man ye yak ttoe eo it jji a neun de
yo
對不起，您沒有預約訂房。

어떤 방이 필요합니까?
eo tteon bang i pi ryo ham ni kka
您要哪種房間？

싱글 침대 방으로 부탁합니다.
sing geul chim dae bang eu ro bu ta kam ni da

請給我單人床的房間。

해변이 보이는 방으로 부탁합니다.
hae byeo ni bo i neun bang eu ro bu ta kam ni da
請給我可以看到海邊的房間。

이 숙박 카드를 작성해 주시겠습니까?
i suk ppak ka deu reul jjak sseong hae ju si get sseum
ni kka
可以請您填寫這張住宿卡嗎?

예약 번호와 이름을 가르쳐 주십시오.
ye yak beon ho wa i reu meul kka reu cheo ju sip ssi o
請告知訂房編號及姓名。

보증금을 내야 합니까?
bo jeung geu meul nae ya ham ni kka
要支付保證金嗎?

이 숙박계에 이름과 여권 번호를 기입해 주
십시오.
i suk ppak kkye e i i reum gwa yeo gwon beon ho reul
kki i pae ju sip ssi o
請在住宿登記卡上填寫姓名和護照號碼。

여기 확인서 있습니다.
yeo gi hwa gin seo it sseum ni da

這是確認書。

열쇠를 주시겠습니까?
yeol soe reul jju si get sseum ni kka
可以給我鑰匙嗎？

귀중품을 맡아줄 수 있습니까?
gwi jung pu meul ma ta jul su it sseum ni kka
可以幫我保管貴重物品嗎？

이 서류에 서명해 주세요.
i seo ryu e seo myeong hae ju se yo
請在這份文件上簽名。

방 번호가 어떻게 됩니까?
bang beon ho ga eo tteo ke doem ni kka
房間號碼是幾號？

체크아웃 시간이 몇 시죠?
che keu a ut si ga ni myeot si jyo
退房的時間是幾點？

이쪽으로 오세요.
i jjo geu ro o se yo
請往這裡走。

情境會話

A 체크인하려고 하는데요.
che keu in ha ryeo go ha neun de yo

B 예약을 하셨습니까?
ye ya geul ha syeot sseum ni kka

A 네, 인터넷으로 예약을 했습니다.
ne in teo ne seu ro ye ya geul haet sseum ni da

B 성함을 알려 주시겠어요?
seong ha meul al lyeo ju si ge sseo yo

A 제 이름은 장나라입니다.
je i reu meun jang na ra im ni da

B 얼마나 묵으실 겁니까?
eol ma na mu geu sil geom ni kka

A 이틀 동안 묵을 겁니다.
i teul ttong an mu geul kkeom ni da

中　譯

A 我要check in。
B 您有訂房嗎?
A 有，我用網路訂房的。
B 請問您尊姓大名?
A 我的名字是張娜拉。
B 您要住多久?
A 我要住兩天。

—— 방이 좋겠습니다.
我希望是 —— 的房間。

造　句

전방이 좋은 방이 좋겠습니다.
jeon bang i jo eun bang i jo ket sseum ni da
我希望是景觀好的房間。

위쪽에 있는 방이 좋겠습니다.
wi jjo ge in neun bang i jo ket sseum ni da
我希望是樓上的房間。

값이 싼 방이 좋겠습니다.
gap ssi ssan bang i jo ket sseum ni da
我希望是價格便宜的房間。

햇볕이 잘 드는 방이 좋겠습니다.
haet ppyeo chi jal tteu neun bang i jo ket sseum ni da
我希望是光線充足的房間。

요구 사항
yo gu sa hang

要求事項

MP3 019

實用例句

오래 묵으면 할인이 됩니까?
o rae mu geu myeon ha ri ni doem ni kka
住久一點有打折嗎？

열쇠가 안으로 잠겨 들어갈 수 없습니다.
yeol soe ga a neu ro jam gyeo deu reo gal ssu eop
sseum ni da
房間從裡面鎖起來了，沒辦法進去。

하루 더 묵을 수 있을까요?
ha ru deo mu geul ssu i sseul kka yo
我可以再住一天嗎？

퇴실 시간은 언제입니까?
toe sil si ga neun eon je im ni kka
退房時間是幾點？

컴퓨터를 빌릴 수 있습니까?
keom pyu teo reul ppil lil su it sseum ni kka

可以借我使用電腦嗎？

방 번호를 잊어버렸습니다.
bang beon ho reul i jeo beo ryeot sseum ni da
我忘記房間的號碼了。

중국어를 할 수 있는 분 있습니까?
jung gu geo reul hal ssu in neun bun it sseum ni kka
有會講中文的人嗎？

이 가방을 밤 12시까지 맡아줄 수 있습니까?
i ga bang eul ppam yeol du si kka ji ma ta jul su it
sseum ni kka
這個包包可以幫我保管到晚上12點嗎？

이 호텔의 주소가 들어 있는 명함이 필요합
니다.
i ho te rui ju so ga deu reo in neun myeong ha mi pi
ryo ham ni da
我需要有註明這間飯店住址的名片。

바는 몇 시에 시작합니까?
ba neun myeot si e si ja kam ni kka
酒吧幾點開始？

제 방 문이 잠겨버렸습니다.
je bang mu ni jam gyeo beo ryeot sseum ni da

我的房間門鎖起來了。

팩스가 있습니까?
paek sseu ga it sseum ni kka
有傳真機嗎？

레스토랑은 몇 시까지 영업을 합니까?
re seu to rang eun myeot si kka ji yeong eo beul ham
ni kka
餐廳營業到幾點呢？

근처에 편의점, 레스토랑등은 있습니까?
geun cheo e pyeo nui jeom re seu to rang deung eun
it sseum ni kka
附近有便利商店或餐廳嗎？

관내 설비에 대해 가르쳐 주세요.
gwan nae seol bi e dae hae ga reu cheo ju se yo
請為我介紹館內的設施。

아침 식사는 몇 시부터입니까?
a chim sik ssa neun myeot si bu teo im ni kka
早餐幾點開始？

오후 2시에 택시를 불러 주세요.
o hu du si e taek ssi reul ppul leo ju se yo
下午兩點的時候，請幫我叫計程車。

A 여기는 62호실입니다. 방을 바꿔 주시겠어요?

yeo gi neun yuk ssi bi ho si rim ni da bang eul ppa kkwo ju si ge sseo yo

B 왜 바꾸시려고 하는데요?

wae ba kku si ryeo go ha neun de yo

A 옆 방이 너무 시끄럽습니다. 그리고 방은 청소되지 않는 것처럼 어지러워요.

yeop bang i neo mu si kkeu reop sseum ni da geu ri go bang eun cheong so doe ji an neun geot cheo reom eo ji reo wo yo

B 정말 죄송합니다. 바로 다른 방으로 바꿔 드리겠습니다.

jeong mal jjoe song ham ni da ba ro da reun bang eu ro ba kkwo deu ri get sseup ni da

B 더 필요하신 거 있으세요?

deo pi ryo ha sin geo i sseu se yo

A 없어요. 고마워요.

eop sseo yo go ma wo yo

中 譯

Ⓐ 這裡是62號房，可以幫我換房間嗎？
Ⓑ 您為什麼要換房間呢？
Ⓐ 隔壁房太吵了，而且房間像沒打掃過一樣

很亂。

B 真的很抱歉，馬上幫您換別的房間。

B 您還需要什麼嗎？

A 沒有了，謝謝。

關鍵句型

— 을/를 잊어버렸습니다.
我忘記 —— 了。

造　句

비밀번호를 잊어버렸습니다.
bi mil beon ho reul i jeo beo ryeot sseum ni da
我忘記密碼了。

이름을 잊어버렸습니다.
i reu meul i jeo beo ryeot sseum ni da
我忘記名字了。

사용법을 잊어버렸습니다.
sa yong beo beul i jeo beo ryeot sseum ni da
我忘記使用方法了。

그가 한 말을 잊어버렸습니다.
geu ga han ma reul i jeo beo ryeot sseum ni da
我忘記他講得話了。

룸서비스

rum seo bi seu

客房服務

實用例句

베개 하나 더 주시겠어요?

be gae ha na deo ju si ge sseo yo

可以再給我一個枕頭嗎？

칫솔과 치약을 보내 주세요.

chit ssol gwa chi ya geul ppo nae ju se yo

請將牙刷和牙膏送來給我。

방을 청소해 주시겠습니까?

bang eul cheong so hae ju si get sseum ni kka

可以幫我打掃一下房間嗎？

맥주 좀 주시겠어요?

maek jju jom ju si ge sseo yo

請給我啤酒。

내일 아침 8시에 전화로 좀 깨워 주시겠어
요?

nae il a chim yeo deop ssi e jeon hwa ro jom kkae wo

ju si ge sseo yo

明天早上八點可以打電話叫我起床嗎？

귀중품을 맡기고 싶습니다.

gwi jung pu meul mat kki go sip sseum ni da

我想寄放貴重物品。

맥주과 얼음을 62호실로 갖다 주시겠습니
까?

maek jju gwa eo reu meul yuk ssi bi ho sil lo gat tta ju
si get sseum ni kka

可以拿啤酒和冰塊來62號房嗎？

타월 두 개 더 갖다 주세요.

ta wol du gae deo gat tta ju se yo

請再拿兩個毛巾給我。

세탁 서비스는 됩니까?

se tak seo bi seu neun doem ni kka

有洗衣服務嗎？

제 세탁물이 다 됐습니까?

je se tang mu ri da dwaet sseum ni kka

我的洗衣物都好了嗎？

아침을 방에서 먹을 수 있습니까?

a chi meul ppang e seo meo geul ssu it sseum ni kka

我可以在房間裡吃早餐嗎?

A 룸 서비스입니다. 무엇을 도와 드릴까요?
rum seo bi seu im ni da mu eo seul tto wa deu ril kka yo

B 여기는 62호실입니다. 와인 한 병하고 와인 잔 두 개 갖다 주세요.
yeo gi neun yuk ssi bi ho si rim ni da wa in han byeong ha go wa in jan du gae gat tta ju se yo

A 알겠습니다. 그 거면 됩니까?
al kket sseum ni da geu geo myeon doem ni kka

B 그리고 내일 아침 7시에 모닝콜 부탁합니다.
geu ri go nae il a chim il gop ssi e mo ning kol bu ta kam ni da

A 네, 내일 아침 7시에 전화로 깨워 드리겠습니다.
ne nae il a chim il gop ssi e jeon hwa ro kkae wo deu ri get sseum ni da

B 고맙습니다.
go map sseum ni da

中　譯

Ⓐ 客房服務您好，能幫您什麼忙？

Ⓑ 這裡是62號房，請拿一瓶紅酒和兩個杯子給我。

Ⓐ 好的，這樣就好了嗎？

Ⓑ 還有我要明天早上七點的叫醒服務。

Ⓐ 好的，明天早上七點會打電話叫您起床。

Ⓑ 謝謝。

關鍵句型

── 좀 주시겠어요?

可以給我 ── 嗎？

造 句

물수건 좀 주시겠어요?

mul su geon jom ju si ge sseo yo

可以給我濕巾嗎？

영수증 좀 주시겠어요?

yeong su jeung jom ju si ge sseo yo

可以給我收據嗎？

종이봉투 좀 주시겠어요?

jong i bong tu jom ju si ge sseo yo

可以給我紙袋嗎？

마실 것 좀 주시겠어요?

ma sil geot jom ju si ge sseo yo

可以給我喝的嗎？

불평 사항
bul pyeong sa hang

不滿事項

MP3 021

實用例句

뜨거운 물이 안 나옵니다.
tteu geo un mu ri an na om ni da

沒有熱水。

침대 시트와 이불이 더럽습니다. 바꿔 주세
요.
chim dae si teu wa i bu ri deo reop sseum ni da ba
kkwo ju se yo

床單和棉被很髒，請幫我做更換。

방이 아직 청소되어 있지 않습니다.
bang i a jik cheong so doe eo it jji an sseum ni da

房間還沒有打掃。

좀 더 넓은 방으로 바꿀 수 있습니까?
jom deo neop eun bang eu ro ba kkul su it sseum ni
kka

我可以換到更大一點的房間嗎？

즉시 고쳐 주시겠습니까?

jeuk ssi go cheo ju si get sseum ni kka

可以馬上過來修理嗎？

지금 당장 오셔서 검사해 주시겠습니까?

ji geum dang jang o syeo seo geom sa hae ju si get

sseum ni kka

可以現在立即過來檢查嗎？

방 안에 드라이어가 없습니다.

bang a ne deu ra i eo ga eop sseum ni da

房間裡沒有吹風機。

에어컨이 고장난 것 같습니다.

e eo keo ni go jang nan geot gat sseum ni da

空調好像故障了。

텔레비전 화면이 나오지 않습니다.

tel le bi jeon hwa myeo ni na o ji an sseum ni da

電視畫面出不來。

사람을 보내 주시겠습니까?

sa ra meul ppo nae ju si get sseum ni kka

可以派人過來嗎？

전화기 사용법 좀 알려 주시겠어요?

jeon hwa gi sa yong beop jom al lyeo ju si ge sseo yo

可以告訴我電話的使用方法嗎？

情境會話

A 여기는 62호실입니다. 욕실의 온수가 별로 뜨겁지 않습니다.

yeo gi neun yuk ssi bi ho si rim ni da yok ssi rui on su ga byeol lo tteu geop jji an sseum ni da

B 죄송합니다. 바로 처리해 드리겠습니다. 다른 도와 드릴 일은 없습니까?

joe song ham ni da ba ro cheo ri hae deu ri get sseum ni da da reun do wa deu ril i reun eop sseum ni kka

A 그리고 방이 너무 춥습니다.

geu ri go bang i neo mu chup sseum ni da

B 알겠습니다. 지금 사람을 보내 드려 온도를 높여 드리겠습니다.

al kket sseum ni da ji geum sa ra meul ppo nae deu ryeo on do reul no pyeo deu ri get sseum ni da

中 譯

Ⓐ 這裡是62號房，浴室的熱水不怎麼熱。
Ⓑ 對不起，馬上會幫您做處理，還有其他需要幫忙的嗎？
Ⓐ 還有房間裡很冷。
Ⓑ 瞭解了，現在立即派人過去幫您調高溫度。

─ 이/가 고장난 것 같습니다.
── 好像壞掉了。

造 句

신호등이 고장난 것 같습니다.
sin ho deung i go jang nan geot gat sseum ni da
紅綠燈好像壞掉了。

핸드폰이 고장난 것 같습니다.
haen deu po ni go jang nan geot gat sseum ni da
手機好像壞掉了。

컴퓨터가 고장난 것 같습니다.
keom pyu teo ga go jang nan geot gat sseum ni da
電腦好像壞掉了。

냉장고가 고장난 것 같습니다.
naeng jang go ga go jang nan geot gat sseum ni da
冰箱好像壞掉了。

체크아웃
che keu a ut

退房

MP3 022

實用例句

체크아웃 부탁합니다.
che keu a ut bu ta kam ni da
我要退房。

성함과 방 번호가 어떻게 되시죠?
seong ham gwa bang beon ho ga eo tteo ke doe si jyo
請問您的大名和房間號碼？

그것은 국제전화를 이용하신 요금입니다.
geu geo seun guk jje jeon hwa reul i yong ha sin yo
geu mim ni da
那是您撥打國際電話的費用。

여행자 수표로 지불해도 됩니까?
yeo haeng ja su pyo ro ji bul hae do doem ni kka
我可以用旅行支票支付嗎？

저는 냉장고에서 콜라 하나만 마셨습니다.
jeo neun naeng jang go e seo kol la ha na man ma

086

syeot sseum ni da

我只喝冰箱一瓶可樂而已。

맡긴 귀중품을 내주십시오.

mat kkin gwi jung pu meul nae ju sip ssi o

請將我寄放的貴重物品還給我。

이틀 더 머무르고 싶습니다.

i teul tteo meo mu reu go sip sseum ni da

我想再住兩天。

저는 10시에 떠날 거니까 택시 좀 불러 주세
요.

jeo neun yeol si e tteo nal kkeo ni kka taek ssi jom bul
leo ju se yo

我十點要離開，請幫我叫計程車。

제 짐이 좀 많습니다. 짐을 로비까지 옮겨다
주시겠습니까?

je ji mi jom man sseum ni da ji meul ro bi kka ji om
gyeo da ju si get sseum ni kka

我的行李有點多，可以幫我把行李搬到大廳
嗎？

전부해서 얼마죠?

jeon bu hae seo eol ma jyo

全部是多少錢？

情境會話

A 체크 아웃하겠습니다. 이것은 제 방 열쇠입니다.
che keu a u ta get sseum ni da i geo seun je bang yeol soe im ni da

B 네. 계산서는 여기에 있습니다.
ne gye san seo neun yeo gi e it sseum ni da

A 이 요금은 무엇입니까?
i yo geu meun mu eo sim ni kka

B 손님의 세탁 요금입니다.
son ni mui se tak yo geu mim ni da

A 그렇군요. 신용카드로 지불할 수 있나요?
geu reo ku nyo si nyong ka deu ro ji bul hal ssu in na yo

B 물론입니다. 여기에 사인 부탁 드립니다.
mul lo nim ni da yeo gi e sa in bu tak deu rim ni da

中 譯

A 我要退房，這是我的房間鑰匙。
B 好的，這是您的帳單。
A 這個費用是什麼？
B 是客人您的洗衣費用。
A 原來如此，可以用信用卡支付嗎？
B 當然可以，請您在這裡簽名。

— 이/가 어떻게 되시죠?
請問您的 —— 是？

造　句

성함이 어떻게 되시죠?
seong ha mi eo tteo ke doe si jyo
請問您的姓名是？

전화 번호가 어떻게 되시죠?
jeon hwa beon ho ga eo tteo ke doe si jyo
請問您的電話號碼是？

연세가 어떻게 되시죠?
yeon se ga eo tteo ke doe si jyo
請問您的年紀是？

사이즈가 어떻게 되시죠?
sa i jeu ga eo tteo ke doe si jyo
請問您的尺寸是？

隨身筆記

NOTE BOOK

第四章

교 통
交通

택시를 이용할 때
taek ssi reul i yong hal ttae
搭計程車

 MP3 023

實用例句

이 주소로 데려다 주시겠어요?
i ju so ro de ryeo da ju si ge sseo yo
請帶我到這個住址。

트렁크 좀 열어 주세요.
teu reong keu jom yeo reo ju se yo
請打開後車廂。

이 짐을 트렁크에 좀 실어 주시겠습니까?
i ji meul teu reong keu e jom si reo ju si get sseum ni
kka
可以幫我把這個行李放在後車廂嗎?

여기 세워 주시겠어요?
yeo gi se wo ju si ge sseo yo
可以在這裡停車嗎?

요금은 얼마인가요?
yo geu meun eol ma in ga yo

費用多少錢?

제가 지금 좀 급한데요. 좀 빨리 가 주시겠습니까?

je ga ji geum jom geu pan de yo jom ppal li ga ju si get sseum ni kka

我現在很急,可以開快一點嗎?

이 근처에 택시 승강장이 있습니까?

i geun cheo e taek ssi seung gang jang i it sseum ni kka

這附近有攔計程車的地方嗎?

오후 3시 전에 공항에 도착하고 싶습니다.

o hu se si jeo ne gong hang e do cha ka go sip sseum ni da

下午三點前我想抵達機場。

거기까지 요금이 대충 얼마정도 나옵니까?

geo gi kka ji yo geu mi dae chung eol ma jeong do na om ni kka

到那裡費用大概是多少?

여기서 잠깐 기다려 줄 수 있습니까?

yeo gi seo jam kkan gi da ryeo jul su it sseum ni kka

可以在這裡等我一下嗎?

멈추세요.
meom chu se yo
請停下來。

명동으로 가 주세요.
myeong dong eu ro ga ju se yo
我要去明洞。

지름길로 가 주세요.
ji reum gil lo ga ju se yo
請走捷徑。

다음 신호등 근처에서 세워 주세요.
da eum sin ho deung geun cheo e seo se wo ju se yo
請在下一個紅綠燈附近停車。

기차역 앞에서 내려 주세요.
gi cha yeok a pe seo nae ryeo ju se yo
請讓我在火車站前面下車。

네 명인데 남산타워까지 갈 수 있습니까?
ne myeong in de nam san ta wo kka ji gal ssu it sseum
ni kka
我們有四個人，可以載我們去南山塔嗎？

잔돈은 가지세요.
jan do neun ga ji se yo

不必找零了。

A 어디로 가십니까?
eo di ro ga sim ni kka

B 인천 공항까지 부탁합니다.
in cheon gong hang kka ji bu ta kam ni da

A 알겠습니다.
al kket sseum ni da

B 거기까지 시간이 얼마정도 걸립니까?
geo gi kka ji si ga ni eol ma jeong do geol lim ni kka

A 글쎄요, 한 시간 반정도 걸립니다.
geul sse yo han si gan ban jeong do geol lim ni da

B 아저씨, 창문 좀 열어도 괜찮겠습니까?
a jeo ssi chang mun jom yeo reo do gwaen chan ket
sseum ni kka

A 네, 물론입니다.
ne mul lo nim ni da

中　譯

A 您要去哪裡?
B 我要去仁川機場。
A 好的。
B 到那裡要多久時間?
A 這個嘛!要一個半小時左右。

B 大叔，我可以開窗戶嗎？
A 當然可以。

關鍵句型

— 에서 세워 주세요.
請在 —— 停車。

造　句

여기에서 세워 주세요.
yeo gi e seo se wo ju se yo.
請在這裡停車。

학교 앞에서 세워 주세요.
hak kkyo a pe seo se wo ju se yo
請在學校前面停車。

일번 출구에서 세워 주세요.
il beon chul gu e seo se wo ju se yo
請在一號出口停車。

저 모퉁이에서 세워 주세요.
jeo mo tung i e seo se wo ju se yo
請在那個轉角停車。

버스를 이용할 때
beo seu reul i yong hal ttae

搭公車

實用例句

버스 정류장은 어디입니까?
beo seu jeong nyu jang eun eo di im ni kka
公車站牌在哪裡？

이 버스는 광화문까지 갑니까?
i beo seu neun gwang hwa mun kka ji gam ni kka
這台公車會到光化門嗎？

용인행 버스는 어디서 탑니까?
yong in haeng beo seu neun eo di seo tam ni kka
開往龍仁的公車在哪裡搭？

버스를 갈아타야 합니까?
beo seu reul kka ra ta ya ham ni kka
需要換乘公車嗎？

이태원에 가는 버스는 어디서 타면 됩니까?
i tae wo ne ga neun beo seu neun eo di seo ta myeon
doem ni kka

往梨泰院的公車在哪裡搭？

공항으로 가는 버스가 몇 번입니까?

gong hang eu ro ga neun beo seu ga myeot beo nim
ni kka

開往機場的公車是幾號？

어디서 버스를 갈아타나요?

eo di seo beo seu reul kka ra ta na yo

要在哪裡換乘公車呢？

마지막 버스는 몇 시에 있습니까?

ma ji mak beo seu neun myeot si e it sseum ni kka?

最後一台公車是幾點？

이 버스가 신촌에 가는지 아세요?

i beo seu ga sin cho ne ga neun ji a se yo

這台公車會到新村嗎？

다음 정류장은 어디입니까?

da eum jeong nyu jang eun eo di im ni kka

下一站是哪裡？

어느 버스를 타야 하죠?

eo neu beo seu reul ta ya ha jyo

我該搭那一台公車？

이 곳에 동대문으로 가는 버스가 있습니까?
i go se dong dae mu neu ro ga neun beo seu ga it sseum ni kka

這裡有開往東大門的公車嗎？

어느 버스가 시내로 갑니까?
eo neu beo seu ga si nae ro gam ni kka

哪一台公車會開往市區呢？

출발은 몇 시에 합니까?
chul ba reun myeot si e ham ni kka

幾點出發呢？

이 버스는 경복궁에 섭니까?
i beo seu neun gyeong bok kkung e seom ni kka

這台公車會停在景福宮嗎？

버스 요금이 얼마입니까?
beo seu yo geu mi eol ma im ni kka

公車費用是多少？

여기서 갈아타면 됩니까?
yeo gi seo ga ra ta myeon doem ni kka

在這裡換車就可以了嗎？

情境會話

실례합니다. 시청에 가려면 어느 버스를 타
야 합니까?

A

sil lye ham ni da si cheong e ga ryeo myeon eo neu

beo seu reul ta ya ham ni da

B 918번 버스를 타세요.

gu baek ssip pal ppeon beo seu reul ta se yo

여기서 918번 버스를 타면 됩니까?

A yeo gi seo gu baek ssip pal ppeon beo seu reul ta my-

eon doem ni kka

아닙니다. 길 건너편에서 918번 버스를 타면
시청에 도착할 수 있습니다.

B a nim ni da gil geon neo pyeo ne seo gu baek ssip pal

ppeon beo seu reul ta myeon si cheong e do cha kal

ssu it sseum ni da

정말 친절하시네요. 고맙습니다.

A jeong mal chin cheol ha si ne yo go map sseum ni da

中　譯

Ⓐ 對不起，請問去市政廳該搭哪台公車？
Ⓑ 請搭918號公車。
Ⓐ 在這裡搭918號公車就可以了嗎？
Ⓑ 不是，在馬路對面搭918號公車才會到市
政廳。
Ⓐ 您真親切，謝謝。

關鍵句型

─ 을/를 타고 갑시다.
我們搭 ── 去吧。

造　句

지하철을 타고 갑시다.
ji ha cheo reul ta go gap ssi da
我們搭地鐵去吧。

택시를 타고 갑시다.
taek ssi reul ta go gap ssi da
我們搭計程車去吧。

버스를 타고 갑시다.
beo seu reul ta go gap ssi da
我們搭公車去吧。

기차를 타고 갑시다.
gi cha reul ta go gap ssi da
我們搭火車去吧。

지하철을 이용할 때
ji ha cheo reul i yong hal ttae

搭地鐵

MP3 025

實用例句

지하철역까지 어떻게 가나요?
ji ha cheo ryeok kka ji eo tteo ke ga na yo
地鐵站要怎麼去？

제가 어느 역에서 갈아타야 합니까?
je ga eo neu yeo ge seo ga ra ta ya ham ni kka
那我該在那一站轉車呢？

환승해야 하나요?
hwan seung hae ya ha na yo
要換乘嗎？

여기 지하철 역이 없나요?
yeo gi ji ha cheo ryeo gi eom na yo
這裡有地鐵站嗎？

지하철 일번 출구로 나가세요.
ji ha cheol il beon chul gu ro na ga se yo
請從地鐵一號出口出去。

박물관으로 나가는 출구는 어디인가요?

bang mul gwa neu ro na ga neun chul gu neun eo di in ga yo

往博物館方向的出口在哪裡？

표시판을 따라 가세요.

pyo si pa neul tta ra ga se yo

請跟著標示牌走。

지하철 표는 어디서 살 수 있나요?

ji ha cheol pyo neun eo di seo sal ssu in na yo

地鐵票要在哪裡買呢？

종로5가역에서 내리세요.

jong no o ga yeo ge seo nae ri se yo

請在鐘路5街下車。

지하철 노선도를 주십시오.

ji ha cheol no seon do reul jju sip ssi o

請給我地鐵路線圖。

그 곳은 지하철 역에서 가깝나요?

geu go seun ji ha cheol yeo ge seo ga kkam na yo

那裡離地鐵站近嗎？

情境會話

A 가장 가까운 지하철 역은 어디에 있나요?

ga jang ga kka un ji ha cheol yeo geun eo di e in na yo

B 이 길을 따라서 5분 가시면 지하철 역이 보일
겁니다.

i gi reul tta ra seo o bun ga si myeon ji ha cheol yeo gi

bo il geom ni da

A 여의도에 가고 싶은데 몇 호선을 타야 하나
요?

yeo ui do e ga go si peun de myeot ho seo neul ta ya

ha na yo

B 5호선을 타면 됩니다.

o ho seo neul ta myeon doem ni da

A 가르쳐 주셔서 감사합니다.

ga reu cheo ju syeo seo gam sa ham ni da

中　譯

Ⓐ 最近的地鐵站在哪裡？
Ⓑ 延著這條路走五分鐘，就可以看到地鐵
站。
Ⓐ 我想去汝矣島該搭幾號線？
Ⓑ 搭五號線就可以了。
Ⓐ 謝謝你告訴我。

```
┌─────────────────┐
│    關鍵句型       │
└─────────────────┘

── 을/를 주십시오.
請給我 ── 。
```

造　句

잔돈을 주십시오.
jan do neul jju sip ssi o
請給我零錢。

도움을 주십시오.
do u meul jju sip ssi o
請給我幫助。

물을 주십시오.
mu reul jju sip ssi o
請給我水。

차표를 주십시오.
cha pyo reul jju sip ssi o
請給我車票。

기차를 이용할 때
gi cha reul i yong hal ttae

搭火車

MP3 026

實用例句

기차역이 어디에 있습니까?
gi cha yeo gi eo di e it sseum ni kka
火車站在哪裡呢？

부산 가는 표 두장 주세요.
bu san ga neun pyo du jang ju se yo
給我兩張去釜山的票。

편도표입니까, 왕복표입니까?
pyeon do pyo im ni kka wang bok pyo im ni kka
您要單程票還是往返票？

다음 정거장은 어디입니까?
da eum jeong geo jang eun eo di im ni kka
下一站是哪裡？

부산행 열차의 홈이 맞습니까?
bu san haeng yeol cha ui ho mi mat sseum ni kka
這是開往釜山的列車月台嗎？

열차를 놓쳤어요.

yeol cha reul not cheo sseo yo

我錯過火車了。

내릴 역을 지나쳤어요.

nae ril yeo geul jji na cheo sseo yo

我錯過要下車的站了。

열차에 우산을 놓고 내렸어요.

yeol cha e u sa neul no ko nae ryeo sseo yo

我把雨傘忘在列車上了。

대구행 다음 열차는 언제 있나요?

dae gu haeng da eum yeol cha neun eon je in na yo

開往大邱的下一班列車是什麼時候？

경주행 열차는 자주 있습니까?

gyeong ju haeng yeol cha neun ja ju it sseum ni kka

經常有開往慶州的列車嗎？

매표 기계는 어디에 있습니까?

mae pyo gi gye neun eo di e it sseum ni kka

售票的機器在哪裡？

부산으로 가는 다음 기차는 몇 시입니까?

bu sa neu ro ga neun da eum gi cha neun myeot si im
ni kka

開往釜山的下一班火車是幾點？

광주행 열차는 얼마나 자주 운행을 합니까?
gwang ju haeng yeol cha neun eol ma na ja ju un
haeng eul ham ni kka

開往光州的列車多久會有一班呢？

매표소는 어디 있어요?
mae pyo so neun eo di i sseo yo

售票處在哪裡？

대구까지 얼마입니까?
dae gu kka ji eol ma im ni kka

到大邱要多少錢？

편도는 얼마예요?
pyeon do neun eol ma ye yo

單程票多少錢？

왕복표는 얼마예요?
wang bok pyo neun eol ma ye yo

往返票多少錢？

情境會話

부산에 가는 편도표는 얼마죠?
bu sa ne ga neun pyeon do pyo neun eol ma jyo

B 3만원입니다.
sam ma nwo nim ni da

A 그럼 내일 오전 7시에 부산에 가는 좌석을 예약하고 싶은데요.
geu reom nae il o jeon il gop ssi e bu sa ne ga neun jwa seo geul ye ya ka go si peun de yo

B 죄송합니다. 그 시간엔 예약이 벌써 다 찼습니다.
joe song ham ni da geu si ga nen ye ya gi beol sseo da chat sseum ni da

A 그럼 내일 오후 2시에 부산행 열차는 자리가 있나요?
geu reom nae il o hu du si e bu san haeng yeol cha neun ja ri ga in na yo

B 네, 아직 자리가 있습니다.
ne a jik ja ri ga it sseum ni da

中　譯

Ⓐ 去釜山的單程票多少錢？
Ⓑ 三萬韓元。
Ⓐ 那我要訂明天上午七點去釜山的座位。
Ⓑ 對不起，那個時間已經客滿了。
Ⓐ 那明天下午兩點開往釜山的列車還有座位嗎？
Ⓑ 是的，還有座位。

關鍵句型

— 은/는 어느 쪽입니까?
—— 在哪個方向？

造　句

미술관으로 가는 길은 어느 쪽입니까?
mi sul gwa neu ro ga neun gi reun eo neu jjo gim ni kka
去美術館是哪個方向？

기차역은 어느 쪽입니까?
gi cha yeo geun eo neu jjo gim ni kka
火車站在哪個方向？

5번 출구는 어느 쪽입니까?
o beon chul gu neun eo neu jjo gim ni kka
五號出口在哪個方向？

학교는 어느 쪽입니까?
hak kkyo neun eo neu jjo gim ni kka
學校在哪個方向？

렌터카
ren teo ka

租車

實用例句

차를 빌리고 싶습니다.
cha reul ppil li go sip sseum ni da
我想租車。

이것은 국제 면허증입니다.
i geo seun guk jje myeon heo jeung im ni da
這是國際駕駛執照。

중형차를 부탁합니다.
jung hyeong cha reul ppu ta kam ni da
我要租中型車。

여기에 주차해도 되나요?
yeo gi e ju cha hae do doe na yo
可以在這裡停車嗎？

여기가 어딘지 아세요?
yeo gi ga eo din ji a se yo
你知道這裡是哪裡嗎？

렌터카 회사는 어디에 있습니까?

ren teo ka hoe sa neun eo di e it sseum ni kka

租車公司在哪裡？

하루 렌트 비용이 얼마입니까?

ha ru ren teu bi yong i eol ma im ni kka

一天的租金是多少錢？

요금표를 보여 주세요.

yo geum pyo reul ppo yeo ju se yo

請給我看價目表。

보험에 들어 주세요.

bo heo me deu reo ju se yo.

請幫我加保險。

기름을 가득 채워서 돌려줘야 됩니까?

gi reu meul kka deuk chae wo seo dol lyeo jwo ya

doem ni kka

要把油加滿後再還車嗎？

주유소가 근처에 있습니까?

ju yu so ga geun cheo e it sseum ni kka

附近有加油站嗎？

어떤 차종이 있습니까?

eo tteon cha jong i it sseum ni kka

有哪些車種？

차를 삼일 동안 빌리고 싶습니다.
cha reul ssa mil dong an bil li go sip sseum ni da
車子我想租三天。

하루에 8만원입니다.
ha ru e pal ma nwo nim ni da
一天是八萬韓元。

선불이 필요합니까?
seon bu ri pi ryo ham ni kka
需要先付款嗎？

이 요금에는 종합 보험이 포함되어 있습니
다.
i yo geu me neun jong hap bo heo mi po ham doe eo
it sseum ni da
這個費用有包含綜合保險。

이 지역의 지도를 가지고 계십니까?
i ji yeo gui ji do reul kka ji go gye sim ni kka
您有這個地區的地圖嗎？

情境會話

A 소형차를 빌리고 싶습니다.
so hyeong cha reul ppil li go sip sseum ni da

B 몇 일 동안 쓰실 겁니까?
myeot il dong an sseu sil geom ni kka

A 일주일 동안 쓸 겁니다. 이 요금에 보험료가
포함되어 있습니까?
il ju il dong an sseul kkeom ni da i yo geu me bo heom
nyo ga po ham doe eo it sseum ni kka

B 아니요. 보험료가 포함되지 않습니다.
a ni yo bo heom nyo ga po ham doe ji an sseum ni da

A 반환할 때 어디서 반환하는 것이 좋습니까?
ban hwan hal ttae eo di seo ban hwan ha neun geo si
jo sseum ni kka

B 여기서 반환하면 됩니다.
yeo gi seo ban hwan ha myeon doem ni da

中 譯

A 我想租小型車。
B 您要租幾天呢?
A 我要租一星期,這個費用有包含保險費
嗎?
B 沒有,不包含保險費用。
A 歸還時,要在哪裡還車呢?
B 在這裡還就可以了。

造　句

어떤 특징이 있습니까?
eo tteon teuk jjing i it sseum ni kka
有哪些特徵呢？

어떤 장점이 있습니까?
eo tteon jang jeo mi it sseum ni kka
有哪些優點呢？

어떤 차이가 있습니까?
eo tteon cha i ga it sseum ni kka
有哪些差異呢？

어떤 종류가 있습니까?
eo tteon jong nyu ga it sseum ni kka
有哪些種類呢？

길 물기
gil mut kki

問路

MP3 028

實用例句

죄송합니다만 한국민속촌에 가는 길 좀 가르쳐 주시겠습니까?

joe song ham ni da man han gung min sok cho ne ga neun gil jom ga reu cheo ju si get sseum ni kka

不好意思，請問去韓國民俗村要怎麼去？

동물원으로 가는 길을 알려 주시겠습니까?

dong mu rwo neu ro ga neun gi reul al lyeo ju si get sseum ni kka

可以告訴我怎麼去動物園嗎？

다음 모퉁이에서 좌측으로 돌아 가세요.

da eum mo tung i e seo jwa cheu geu ro do ra ga se yo

請在下個轉彎處左轉。

제가 지금 있는 곳이 어디입니까?

je ga ji geum in neun go si eo di im ni kka

我現在的位置在哪裡？

116

여기서 아주 먼가요?

yeo gi seo a ju meon ga yo

離這裡很遠嗎？

여기서 남대문시장까지 걸어 갈 수 있습니까?

yeo gi seo nam dae mun si jang kka ji geo reo gal ssu it sseum ni kka

從這裡可以走到南大門市場嗎？

시내 중심가로 가려면 어떻게 가야 합니까?

si nae jung sim ga ro ga ryeo myeon eo tteo ke ga ya ham ni kka

去市中心該怎麼去呢？

미안합니다만, 63빌딩이 어디에 있습니까?

mi an ham ni da man yuk ssam bil ding i eo di e it sseum ni kka

對不起，請問63大廈在哪裡？

바로 저기 있어요.

ba ro jeo gi i sseo yo

就在那裡。

길을 잃은 것 같습니다. 여기가 어디입니까?

gi reul i reun geot gat sseum ni da yeo gi ga eo di im ni kka

我好像迷路了，這裡是哪裡？

저와 같은 방향이군요. 저를 따라 오세요.
jeo wa ga teun bang hyang i gu nyo jeo reul tta ra o se yo

和我一樣的方向呢！請跟我來。

기차역이 어디에 있는지 말씀해 주시겠습니까?
gi cha yeo gi eo di e in neun ji mal sseum hae ju si get sseum ni kka

可以告訴我火車站在哪裡嗎？

약도를 좀 그려 주시겠습니까?
yak tto reul jjom geu ryeo ju si get sseum ni kka

可以幫我畫個略圖嗎？

찾기 쉬운가요?
chat kki swi un ga yo

很容易找嗎？

이 길이 수족관으로 가는 길 맞습니까?
i gi ri su jok kkwa neu ro ga neun gil mat sseum ni kka

這條路是去水族館的路，沒錯嗎？

이 길을 따라 15분 가세요.
i gi reul tta ra si bo bun ga se yo

請沿著這條路走15分。

교차로가 나오면 우회전하세요.
gyo cha ro ga na o myeon u hoe jeon ha se yo
看到交叉路口時，請右轉。

어디를 가시려고 합니까?
eo di reul kka si ryeo go ham ni kka
你要去哪裡？

길을 잘못 드셨습니다.
gi reul jjal mot deu syeot sseum ni da
你走錯路了。

더 빠른 길은 없나요?
deo ppa reun gi reun eom na yo
沒有更快一點的路嗎？

우체국을 찾고 있습니다.
u che gu geul chat kko it sseum ni da
我在找郵局。

경찰에게 물어 보시는 편이 좋겠습니다.
gyeong cha re ge mu reo bo si neun pyeo ni jo ket
sseum ni da
你去問警察比較清楚。

길 안내해 주셔서 정말 감사드립니다.

gil an nae hae ju syeo seo jeong mal kkam sa deu rim
ni da

謝謝你為我指路。

情境會話

A 시내에 가려고 합니다. 무엇을 타고 가면 됩니까?

si nae e ga ryeo go ham ni da mu eo seul ta go ga my-
eon doem ni kka

B 지하철을 타고 가도 좋고 버스를 타고 가도 좋습니다.

ji ha cheo reul ta go ga do jo ko beo seu reul ta go ga
do jo sseum ni da

A 어느 것이 제일 빠릅니까?

eo neu geo si je il ppa reum ni kka

B 공항 버스를 타는 게 제일 편리합니다.

gong hang beo seu reul ta neun ge je il pyeol li ham
ni da

A 공항 버스를 타는 곳은 어디에 있습니까?

gong hang beo seu reul ta neun go seun eo di e it
sseum ni kka

B 저쪽입니다. 저를 따라 오세요.

jeo jjo gim ni da jeo reul tta ra o se yo

Ⓐ 我想去市區，搭什麼去好呢？
Ⓑ 搭地鐵去也可以，搭公車去也可以。
Ⓐ 哪一個最快呢？
Ⓑ 搭機場巴士去最方便。
Ⓐ 搭機場巴士的地方在哪裡？
Ⓑ 在那裡，請跟我來。

關鍵句型

어느 —— 이/가 제일 좋습니까?
哪一（個）——最好呢？

造　　句

어느 시간이 제일 좋습니까?
eo neu si ga ni je il jo sseum ni kka
哪一個時間最好呢？

어느 과목이 제일 좋습니까?
eo neu gwa mo gi je il jo sseum ni kka
哪一個科目最好呢？

어느 회사가 제일 좋습니까?
eo neu hoe sa ga je il jo sseum ni kka
哪一間公司最好呢？

어느 브랜드가 제일 좋습니까?
eo neu beu raen deu ga je il jo sseum ni kka
哪一個品牌最好呢？

第五章

레스토랑
餐廳

식당을 찾을 때
sik ttang eul cha jeul ttae

找餐廳

MP3 029

實用例句

어떤 음식을 좋아하세요?
eo tteon eum si geul jjo a ha se yo
你喜歡吃什麼？

근처에 싸고 맛있는 레스토랑이 있습니까?
geun cheo e ssa go ma sin neun re seu to rang i it
sseum ni kka
附近有便宜又好吃的餐廳嗎？

이 지방의 명물 요리를 먹고 싶습니다.
i ji bang ui myeong mul yo ri reul meok kko sip sseum
ni da
我想吃這地方的本地菜。

이 근처에 한국 음식점은 없습니까?
i geun cheo e han guk eum sik jjeo meun eop sseum
ni kka
這附近有韓式餐館嗎？

불고기를 드셔 보시겠어요?

bul go gi reul tteu syeo bo si ge sseo yo

您要吃烤肉嗎？

점심은 무엇을 먹고 싶습니까?

jeom si meun mu eo seul meok kko sip sseum ni kka

午餐你想吃什麼？

한국 음식점으로 갑시다.

han guk eum sik jjeo meu ro gap ssi da

我們去韓式餐館吧。

그리 비싸지 않은 레스토랑을 찾고 있습니다.

geu ri bi ssa ji a neun re seu to rang eul chat kko it sseum ni da

我在找不會太貴的餐廳。

피자를 먹고 싶습니다.

pi ja reul meok kko sip sseum ni da

我想吃披薩。

어떤 요리를 좋아하세요?

eo tteon yo ri reul jjo a ha se yo

你喜歡吃什麼料理？

이 부근에는 식당이 없어요.

i bu geu ne neun sik ttang i eop sseo yo

這附近沒有餐館。

情境會話

A 한국 요리, 프랑스 요리, 일본 요리 중에 어느 것을 먹고 싶습니까?

han guk yo ri peu rang seu yo ri il bon yo ri jung e eo neu geo seul meok kko sip sseum ni kka

B 모처럼 한국에 여행을 왔는데 당연히 한국 요리를 먹어야죠.

mo cheo reom han gu ge yeo haeng eul wan neun de dang yeon hi han guk yo ri reul meo geo ya jyo

A 어떤 한국 음식을 먹고 싶어요?

eo tteon han guk eum si geul meok kko si peo yo

B 제일 먹고 싶은 건 삼계탕이에요.

je il meok kko si peun geon sam gye tang i e yo

中　譯

A 韓國料理、法國料理、日本料理中，你想吃哪一種？

B 好不容易來韓國旅行，當然要吃韓國料理囉！

A 你想吃什麼韓國菜呢？

B 我最想吃的是蔘雞湯。

어떤 ── 을/를 좋아하세요?
你喜歡哪種 ── ?

造　句

어떤 음악을 좋아하세요?
eo tteon eu ma geul jjo a ha se yo
你喜歡哪種音樂？

어떤 연예인을 좋아하세요?
eo tteon yeo nye i neul jjo a ha se yo
你喜歡哪種藝人？

어떤 노래를 좋아하세요?
eo tteon no rae reul jjo a ha se yo
你喜歡哪種歌曲？

어떤 장르의 영화를 좋아하세요?
eo tteon jang neu ui yeong hwa reul jjo a ha se yo
你喜歡哪種體裁的電影？

식당을 예약할 때
sik ttang eul ye ya kal ttae

訂餐廳

MP3 030

實用例句

저녁 6시에 예약하고 싶은데요.

jeo nyeok yeo seot ssi e ye ya ka go si peun de yo

我想預約傍晚6點。

6시에 삼인용 테이블 부탁합니다.

yeo seot ssi e sa mi nyong te i beul ppu ta kam ni da

麻煩幫我定六點三個人的位子。

오늘 밤에 좌석을 예약하고 싶습니다.

o neul ppa me jwa seo geul ye ya ka go sip sseum ni da

我想訂今天晚上的位子。

제가 식당을 예약할까요?

je ga sik ttang eul ye ya kal kka yo

我來訂餐廳嗎?

오늘 밤 7시로 예약했습니다.

o neul ppam il gop ssi ro ye ya kaet sseum ni da

我預約晚上七點了。

창측 자리를 원합니다.
chang cheuk ja ri reul won ham ni da
我要靠窗的位子。

죄송합니다. 예약을 취소하고 싶습니다.
joe song ham ni da ye ya geul chwi so ha go sip sseum
ni da
對不起，我想取消訂位。

여기 예약이 필요합니까?
yeo gi ye ya gi pi ryo ham ni kka
這裡需要預約嗎？

자리 예약하려고 해요.
ja ri ye ya ka ryeo go hae yo
我想要預約。

저녁 시간에 손님이 많기 때문에 예약하시는
게 좋습니다.
jeo nyeok si ga ne son ni mi man ki ttae mu ne ye ya
ka si neun ge jo sseum ni da
因為晚餐時間客人比較多，最好是先預約。

손님, 죄송합니다. 자리가 다 찼습니다.
son nim joe song ham ni da ja ri ga da chat sseum ni

da

先生（小姐），對不起，已經客滿了。

情境會話

A 내일 저녁에 아직 빈 자리가 있습니까?
nae il jeo nyeo ge a jik bin ja ri ga it sseum ni kka

B 네, 아직 있습니다. 몇 시에 원하십니까?
ne, a jik it sseum ni da. myeot si e won ha sim ni kka

A 내일 밤 7시에 두 사람의 좌석을 예약하고 싶
습니다.
nae il bam il gop ssi e du sa ra mui jwa seo geul ye ya
ka go sip sseup ni da

B 성함이 어떻게 되십니까?
seong ha mi eo tteo ke doe sim ni kka

A 이지은입니다.
i ji eu nim ni da

中　　譯

A 明天晚上還有位子嗎？
B 是的，還有位子，您要約幾點？
A 我想訂明天晚上七點兩個人的座位。
B 您貴姓大名？
A 我是李智恩。

— 이/가 필요합니까?
需要 —— 嗎?

造　句

무엇이 필요합니까?
mu eo si pi ryo ham ni kka
需要什麼嗎?

무슨 자격이 필요합니까?
mu seun ja gyeo gi pi ryo ham ni kka
需要什麼資格嗎?

처방전이 필요합니까?
cheo bang jeo ni pi ryo ham ni kka
需要處方籤嗎?

증거가 필요합니까?
jeung geo ga pi ryo ham ni kka
需要證據嗎?

식당 입구에서
sik ttang ip kku e seo

餐廳入口

MP3 031

實用例句

일행이 몇 분이세요?
il haeng i myeot bu ni se yo
你們有幾位?

세 명이 앉을 자리가 있습니까?
se myeong i an jeul jja ri ga it sseum ni kka
有三個人坐的位子嗎?

창가 자리로 주시겠습니까?
chang ga ja ri ro ju si get sseum ni kka
可以給我靠窗的位子嗎?

지금은 빈 자리가 없습니다.
ji geu meun bin ja ri ga eop sseum ni da
現在沒有空位子。

이쪽으로 오세요.
i jjo geu ro o se yo
請往這邊走。

이 자리는 어떻습니까?

i ja ri neun eo tteo sseum ni kka

這個位子可以嗎？

흡연석과 금연석 중 어디에 앉으시겠어요?

heu byeon seok kkwa geu myeon seok jung eo di e an jeu si ge sseo yo

有吸菸區和禁菸區，您要坐在哪裡？

금연석에 앉겠어요.

geu myeon seo ge an ge sseo yo

我要坐禁菸區。

흡연석으로 해 주세요.

heu byeon seo geu ro hae ju se yo

請給我吸菸區。

저를 포함해서 다섯 사람입니다.

jeo reul po ham hae seo da seot sa ra mim ni da

包含我有五個人。

예약은 하지 않았습니다. 빈 자리가 있습니까?

ye ya geun ha ji a nat sseum ni da bin ja ri ga it sseum ni kka

我沒有預約，有空位嗎？

情境會話

A 어서 오십시오. 몇 분이세요?
eo seo o sip ssi o myeot bu ni se yo

B 네 명이에요.
ne myeong i e yo

A 죄송합니다. 지금은 네 명이 앉을 자리가 없습니다. 기다리시겠습니까?
joe song ham ni da ji geu meun ne myeong i an jeul jja ri ga eop sseum ni da gi da ri si get sseum ni kka

B 어느 정도 기다려야 합니까?
eo neu jeong do gi da ryeo ya ham ni kka

A 20분정도 기다리셔야 합니다. 괜찮으시겠습니까?
i sip ppun jeong do gi da ryeo syeo ya ham ni da
gwaen cha neu si get sseum ni kka

B 네, 기다리겠습니다.
ne gi da ri get sseum ni da

中 譯

A 歡迎光臨，有幾位？
B 有四個人。
A 對不起，現在沒有四人坐得位子，您要等嗎？
B 要等多久？
A 您大概需要等20分鐘左右，可以嗎？

B 好的，我可以等。

關鍵句型

지금은 ── 이/가 없습니다.
現在沒有 ── 。

造　句

지금은 자금이 없습니다.
ji geu meun ja geu mi eop sseum ni da
現在沒有資金。

지금은 능력이 없습니다.
ji geu meun neung nyeo gi eop sseum ni da
現在沒有能力。

지금은 결혼 상대가 없습니다.
ji geu meun gyeol hon sang dae ga eop sseum ni da
現在沒有結婚對象。

지금은 문제가 없습니다.
ji geu meun mun je ga eop sseum ni da
現在沒有問題。

메뉴에 대해서
me nyu e dae hae seo

詢問菜單

MP3 032

實用例句

이것은 무슨 요리입니까?
i geo seun mu seun yo ri im ni kka
這是什麼菜？

이건 어떻게 요리한 겁니까?
i geon eo tteo ke yo ri han geom ni kka
這個是怎麼煮的？

이 수프는 뭘로 만들었습니까?
i su peu neun mwol lo man deu reot sseum ni kka
這個湯是用什麼材料煮的？

이 요리는 어떻게 먹습니까?
i yo ri neun eo tteo ke meok sseum ni kka
這道菜該怎麼吃？

이건 양이 많나요?
i geon yang i man na yo
這個的量很多嗎？

무엇을 추천해 주시겠어요?
mu eo seul chu cheon hae ju si ge sseo yo
您可以為我推薦一下嗎？

스테이크를 권하겠습니다.
seu te i keu reul kkwon ha get sseum ni da
我推薦您吃牛排。

이건 어떤 요리죠?
i geon eo tteon yo ri jyo
這是什麼料理？

이것과 저것은 뭐가 다르죠?
i geot kkwa jeo geo seun mwo ga da reu jyo
這個和那個有什麼不同？

채식 있습니까?
chae sik it sseum ni kka
有素食嗎？

뭐가 제일 맛있어요?
mwo ga je il ma si sseo yo
什麼最好吃？

情境會話

輕鬆
學韓語 旅遊會話篇

A 무엇을 주문해야 할 지 모르겠군요. 권할만
한 음식이 있어요?
mu eo seul jju mun hae ya hal jji mo reu get kku nyo
gwon hal man han eum si gi i sseo yo

B 부대찌개가 오늘의 특별요리입니다.
bu dae jji gae ga o neu rui teuk ppyeo ryo ri im ni da

A 그건 매운가요?
geu geon mae un ga yo

B 안 맵게 해 드릴 수 있습니다.
an maep kke hae deu ril su it sseum ni da

A 좋아요. 그걸로 할게요.
jo a yo geu geol lo hal kke yo

B 알겠습니다.
al kket sseum ni da

中 譯

A 我不知道要點什麼,有值得推薦的菜
嗎?
B 部隊鍋是今天的特別菜。
A 那個會辣嗎?
B 可以幫您用不辣的。
A 好,那我吃那個。
B 好的。

이것은 무슨 ── 입니까?
這是什麼 ── ？

造　句

이것은 무슨 물건입니까?
i geo seun mu seun mul geo nim ni kka
這是什麼物品？

이것은 무슨 상황입니까?
i geo seun mu seun sang hwang im ni kka
這是什麼狀況？

이것은 무슨 책입니까?
i geo seun mu seun chae gim ni kka
這是什麼書？

이것은 무슨 뜻입니까?
i geo seun mu seun tteu sim ni kka
這是什麼意思？

음식을 주문할 때

eum si geul jju mun hal ttae

點餐

MP3 033

實用例句

주문을 받아도 될까요?

ju mu neul ppa da do doel kka yo

可以幫您點餐了嗎？

이미 주문했습니다.

i mi ju mun haet sseum ni da

我已經點了。

메뉴판을 다시 갖다 주시겠어요?

me nyu pa neul tta si gat tta ju si ge sseo yo

菜單可以再給我看一下嗎？

저기요, 여기 주문 받으세요.

jeo gi yo yeo gi ju mun ba deu se yo.

服務員，這裡要點餐。

밥 좀 많이 주세요.

bap jom ma ni ju se yo

飯請給我多一點。

감자탕을 먹고 싶어요.
gam ja tang eul meok kko si peo yo
我想吃排骨馬鈴薯湯。

메뉴 주십시오.
me nyu ju sip ssi o
請給我菜單。

주문하고 싶은데요.
ju mun ha go si peun de yo
我想點餐。

어떤 음식을 추천해 주시겠습니까?
eo tteon eum si geul chu cheon hae ju si get sseum ni kka
您會推薦什麼菜呢?

돌솥비빔밥 부탁합니다.
dol sot ppi bim bap bu ta kam ni da
我要點石鍋拌飯。

이걸 먹겠어요.
i geol meok kke sseo yo
我要吃這個。

스테이크 2인분, 샐러드 2인분 주세요.
seu te i keu i in bun sael leo deu i in bun ju se yo

請給我牛排兩人份、沙拉兩人份。

음료수는 식사 후에 먹겠어요.
eum nyo su neun sik ssa hu e meok kke sseo yo
飲料我飯後再喝。

나중에 다시 주문하겠어요.
na jung e da si ju mun ha ge sseo yo
我待會再點。

그 외에 다른 주문은 없습니까?
geu oe e da reun ju mu neun eop sseum ni kka
除此之外，還需要點別的嗎？

저기요, 치킨 한 마리 주세요.
jeo gi yo chi kin han ma ri ju se yo
服務員，請給我一隻炸雞。

김치볶음밥과 된장찌개 부탁 드립니다.
gim chi bo kkeum bap kkwa doen jang jji gae bu tak
deu rim ni da
請給我泡菜炒飯和味增湯。

情境會話

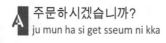

주문하시겠습니까?
ju mun ha si get sseum ni kka

B 네, 김치볶음밥 하나 주세요.
ne gim chi bo kkeum bap ha na ju se yo

A 더 주문하실 것이 있습니까?
deo ju mun ha sil geo si it sseum ni kka

B 그리고 계란찜 하나 주세요.
geu ri go gye ran jjim ha na ju se yo

中　譯

A 您要點餐了嗎？
B 是的，請給我一份泡菜炒飯。
A 好的，還有其他要點的嗎？
B 還有請給我一份蒸蛋。

關鍵句型

―― 하시겠습니까?
您要（做）―― 嗎？

造　句

술 한 잔 하시겠습니까?
sul han jan ha si get sseum ni kka
您要喝杯酒嗎？

어떻게 하시겠습니까?
eo tteo ke ha si get sseum ni kka

您要怎麼做？

무엇을 하시겠습니까?
mu eo seul ha si get sseum ni kka
您要做什麼？

투표 안 하시겠습니까?
tu pyo an ha si get sseum ni kka
您不投票嗎？

주문에 대해서

ju mu ne dae hae seo

點餐相關

001

實用例句

달걀은 어떻게 요리해 드릴까요?

dal kkya reun eo tteo ke yo ri hae deu ril kka yo

雞蛋要怎麼幫您料理？

고추를 넣지 말고 요리해 주세요.

go chu reul neo chi mal kko yo ri hae ju se yo

料理時請不要放辣椒。

어떤 드레싱을 원하십니까?

eo tteon deu re sing eul won ha sim ni kka

你要哪種醬料？

너무 맵지 않게 해 주세요.

neo mu maep jji an ke hae ju se yo

請不要用得太辣。

마늘을 넣지 마세요.

ma neu reul neo chi ma se yo

請不要放蒜。

情境會話

A 스테이크를 어떻게 요리해 드릴까요?
seu te i keu reul eo tteo ke yo ri hae deu ril kka yo

B 중간 정도 익힌 것으로 주세요.
jung gan jeong do i kin geo seu ro ju se yo

A 알겠습니다. 다른 분부는 없으십니까?
al kket sseum ni da da reun bun bu neun eop sseu
sim ni kka

B 아, 그리고 계란은 반숙으로 해 주세요.
a geu ri go gye ra neun ban su geu ro hae ju se yo

中　譯

A 牛排要如何幫您料理？
B 請幫我用五分熟。
A 好的，還有其他吩咐嗎？
B 啊，還有雞蛋也用半熟的。

關鍵句型

一 지 마세요.
不要—— 。

造　句

가지 마세요.
ga ji ma se yo
不要去。

먹지 마세요.
meok jji ma se yo
不要吃。

좌회전하지 마세요.
jwa hoe jeon ha ji ma se yo
不要左轉。

담배를 피우지 마세요.
dam bae reul pi u ji ma se yo
不要抽菸。

음료를 주문할 때
eum nyo reul jju mun hal ttae

點飲料

MP3 035

實用例句

음료는 무엇으로 하시겠습니까?
eum nyo neun mu eo seu ro ha si get sseum ni kka
飲料您要喝什麼？

먼저 음료를 주문하고 싶습니다.
meon jeo eum nyo reul jju mun ha go sip sseum ni da
我想先點飲料。

포도주 한 잔 주세요.
po do ju han jan ju se yo
請給我一杯葡萄酒。

녹차, 커피, 맥주, 주스 등이 있습니다.
nok cha keo pi maek jju ju seu deung i it sseum ni da
有綠茶、咖啡、啤酒和果汁等。

오렌지 주스 주세요.
o ren ji ju seu ju se yo
請給我柳橙汁。

다른 음료를 마시고 싶은데요.

da reun eum nyo reul ma si go si peun de yo

我想喝其他飲料。

마실 것 좀 주시겠습니까?

ma sil geot jom ju si get sseum ni kka

可以給我喝的嗎？

얼음 빼고 주세요.

eo reum ppae go ju se yo

請不要加冰塊。

홍차가 있습니까?

hong cha ga it sseum ni kka

有紅茶嗎？

지금 음료수를 가져다 드릴까요?

ji geum eum nyo su reul kka jeo da deu ril kka yo

現在要拿飲料給您嗎？

찬물 한 잔 주세요.

chan mul han jan ju se yo

請給我一杯冰水。

콜라를 드시겠습니까, 아니면 사이다를 드시
겠습니까?

kol la reul tteu si get sseum ni kka, a ni myeon sa i da

reul tteu si get sseum ni da
您要喝可樂還是汽水?

커피 한 잔 더 주십시오.
keo pi han jan deo ju sip ssi o
請再給我一杯咖啡。

설탕은 조금만 넣어 주세요.
seol tang eun jo geum man neo eo ju se yo
糖加一點點就好。

얼음을 넣어 주세요.
eo reu meul neo eo ju se yo
幫我加冰塊。

핫 초코 한 잔 주세요.
hat cho ko han jan ju se yo
請給我一杯熱可可。

우롱차 한 잔 주세요.
u rong cha han jan ju se yo
請給我一杯烏龍茶。

情境會話

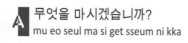

A 무엇을 마시겠습니까?
mu eo seul ma si get sseum ni kka

B 아이스커피 한 잔 주세요.
a i seu keo pi han jan ju se yo

A 커피에 크림을 좀 넣을까요?
keo pi e keu ri meul jjom neo eul kka yo

B 크림은 넣고 설탕은 넣지 마세요.
keu ri meun neo ko seol tang eun neo chi ma se yo

中 譯

A 您要喝什麼？
B 請給我一杯冰咖啡。
A 咖啡要幫您加鮮奶油嗎？
B 幫我加鮮奶油，但是不要加糖。

> **關鍵句型**
>
> ─ 고 싶습니다.
> 我想 ─ 。

造 句

축구 선수가 되고 싶습니다.
chuk kku seon su ga doe go sip sseum ni da
我想當足球選手。

유업 배낭여행을 하고 싶습니다.
yu eop bae nang yeo haeng eul ha go sip sseum ni da

我想去歐洲自助旅行。

친구를 만나고 싶습니다.
chin gu reul man na go sip sseum ni da
我想見朋友。

집을 사고 싶습니다.
ji beul ssa go sip sseum ni da
我想買房子。

디저트를 주문할 때

di jeo teu reul jju mun hal ttae

飯後甜點

實用例句

후식은 어떤 것을 드릴까요?

hu si geun eo tteon geo seul tteu ril kka yo

餐後甜點要幫您上什麼？

- -

후식을 좀 드시겠습니까?

hu si geul jjom deu si get sseum ni kka

您要吃飯後甜點嗎？

- -

후식으로 뭘 드시겠어요?

hu si geu ro mwol deu si ge sseo yo

您要需要什麼甜點？

- -

디저트 말고 과일을 줄 수 있나요?

di jeo teu mal kko gwa i reul jjul su in na yo

我不要甜點，可以給我水果嗎？

- -

디저트로 초콜릿 케이크와 키위 주스를 주세요.

di jeo teu ro cho kol lit ke i keu wa ki wi ju seu reul jju

第五章 : 레스토랑 : 餐廳　**153**

se yo
甜點請給我巧克力蛋糕和奇異果果汁。

디저트는 뭐가 있나요?
di jeo teu neun mwo ga in na yo
有什麼點心？

케이크를 드시겠어요?
ke i keu reul tteu si ge sseo yo
您要吃蛋糕嗎？

배가 불러서 디저트는 먹을 수 없어요.
bae ga bul leo seo di jeo teu neun meo geul ssu eop
sseo yo
吃飽了，吃不下甜點了。

디저트 메뉴를 보여 주세요.
di jeo teu me nyu reul ppo yeo ju se yo
請給我看甜點的菜單。

초콜릿 아이스크림을 주세요.
cho kol lit a i seu keu ri meul jju se yo
請給我巧克力冰淇淋。

여기 와플도 있습니까?
yeo gi wa peul tto it sseum ni kka
這裡也有鬆餅嗎？

A 저기요, 디저트를 부탁합니다.
jeo gi yo di jeo teu reul ppu ta kam ni da

B 후식은 딸기 케이크, 치즈 케이크, 푸딩, 아이스크림 등이 있습니다. 어떤 것을 드릴까요?
hu si geun ttal kki ke i keu chi jeu ke i keu pu ding a i seu keu rim deung i it sseum ni da eo tteon geo seul tteu ril kka yo

A 치즈 케이크로 주세요.
chi jeu ke i keu ro ju se yo

B 네. 바로 갖다 드리겠습니다.
ne ba ro gat tta deu rl get sseum ni da

中　　譯

Ⓐ 服務員，請給我飯後甜點。
Ⓑ 餐後甜點有草莓蛋糕、起司蛋糕、布丁和冰淇淋，要給您上什麼？
Ⓐ 請給我起司蛋糕。
Ⓑ 好的，馬上拿給您。

關鍵句型

저는 —— 을/를 못 먹습니다.
我不敢（能）吃 —— 。

造　句

저는 라면을 못 먹습니다.
jeo neun ra myeo neul mot meok sseum ni da
我不能吃泡麵。

저는 생선을 못 먹습니다.
jeo neun saeng seo neul mot meok sseum ni da
我不能吃魚。

저는 매운 음식을 못 먹습니다.
jeo neun mae un eum si geul mot meok sseum ni da
我不能吃辣的食物。

저는 와사비를 못 먹습니다.
jeo neun wa sa bi reul mot meok sseum ni da
我不敢吃哇沙米。

주문에 문제가 있을 때

ju mu ne mun je ga i sseul ttae

點餐出現問題

實用例句

이것은 맛이 이상해요.

i geo seun ma si i sang hae yo

這個味道很奇怪。

이것은 제가 주문한 것이 아닌데요.

i geo seun je ga ju mun han geo si a nin de yo

這個不是我點的。

실례지만 제 주문은 어떻게 됐어요?

sil lye ji man je ju mu neun eo tteo ke dwae sseo yo

不好意思，我點的菜怎麼了嗎？

요리가 아직 나오지 않았습니다.

yo ri ga a jik na o ji a nat sseum ni da

我的菜還沒送來。

조금만 더 기다려 주세요.

jo geum man deo gi da ryeo ju se yo

請您再等等。

이건 잘못 시켰네요.

i geon jal mot si kyeon ne yo

這個點錯了。

음식이 식어 버려서 맛이 없어요.

eum si gi si geo beo ryeo seo ma si eop sseo yo

菜都冷了，不好吃。

이 요리는 너무 짭니다.

i yo ri neun neo mu jjam ni da

這料理太鹹了。

이 우유가 상했어요.

i u yu ga sang hae sseo yo

這個牛奶壞掉了。

좀 단 것 같군요.

jom dan geot gat kku nyo

好像有點甜。

미안하지만 제 입에는 맞지 않아요.

mi an ha ji man je i be neun mat jji a na yo

對不起，這不合我的口味。

情境會話

A 저기요, 이건 제가 주문한 것과 다릅니다.
jeo gi yo i geon je ga ju mun han geot kkwa da reum
ni da

B 무엇을 주문하셨습니까?
mu eo seul jju mun ha syeot sseum ni kka

A 김치 만두를 주문했는데 이것은 고기 만두예
요.
gim chi man du reul jju mun haen neun de i geo seun
go gi man du ye yo

B 죄송합니다. 바로 바꿔 드리겠습니다.
joe song ham ni da ba ro ba kkwo deu ri get sseum ni
da.

中　譯

A 服務員，這個和我點的不一樣。
B 您點了什麼呢？
A 我點了泡菜水餃，但是這個是鮮肉水
餃。
B 對不起，馬上幫您做更換。

┌─────────────────────────────┐
│　　　關鍵句型　　　│
│   │
│ ― 을/를 먹은 적이 있습니까? │
│ 你吃過 ―― 嗎？   │
└─────────────────────────────┘

造　句

한국음식을 먹어 본 적이 있습니까?

han gu geum si geul meo geo bon jeo gi it sseum ni kka

你吃過韓國料理嗎？

돌솥비빔밥을 먹은 적이 있습니까?

dol sot ppi bim ba beul meo geun jeo gi it sseum ni kka

你吃過石鍋拌飯嗎？

김치를 먹은 적이 있습니까?

gim chi reul meo geun jeo gi it sseum ni kka

你吃過泡菜嗎？

회를 먹은 적이 있습니까?

hoe reul meo geun jeo gi it sseum ni kka

你吃過生魚片嗎？

서비스를 원할 때
seo bi seu reul won hal ttae
要求服務

實用例句

냅킨을 주세요.
naep ki neul jju se yo
請給我餐巾紙。

식사 전에 포도주 한 잔 주시겠어요?
sik ssa jeo ne po do ju han jan ju si ge sseo yo
用餐前，可以先給我一杯葡萄酒嗎？

반찬을 좀 더 주세요.
ban cha neul jjom deo ju se yo
請再給我一些小菜。

재떨이를 주세요.
jae tteo ri reul jju se yo
請給我菸灰缸。

소금 좀 갖다 주시겠어요?
so geum jom gat tta ju si ge sseo yo
可以拿鹽給我嗎？

情境會話

A 저기요.
jeo gi yo

B 네, 필요하신 건 있으세요?
ne pi ryo ha sin geon i sseu se yo

A 남은 음식을 포장해 주시겠어요?
na meun eum si geul po jang hae ju si ge sseo yo

B 알겠습니다. 이건 다 드셨죠? 치워 드리겠습니다.
al kket sseum ni da i geon da deu syeot jjyo chi wo
deu ri get sseum ni da

A 고맙습니다.
go map sseum ni da

中　譯

A 服務員。
B 有什麼需要嗎?
A 吃剩的食物可以幫我打包嗎?
B 好的,這個您都吃完了吧?我幫您收走。
A 謝謝。

어떻게 ── 드릴까요?
要怎麼幫您 ────── 呢？

造　句

어떻게 해 드릴까요?
eo tteo ke hae deu ril kka yo
要怎麼幫您處理呢？

어떻게 도와 드릴까요?
eo tteo ke do wa deu ril kka yo
要怎麼幫助您呢？

어떻게 잘라 드릴까요?
eo tteo ke jal la deu ril kka yo
要怎麼幫您剪呢？

어떻게 요리해 드릴까요?
eo tteo ke yo ri hae deu ril kka yo
要怎麼幫您料理呢？

계산할 때

gye san hal ttae

結帳

MP3 039

實用例句

전부 얼마입니까?
jeon bu eol ma im ni kka
總共多少錢?

어디서 계산하죠?
eo di seo gye san ha jyo
在哪裡結帳?

두 분 따로 계산해 드릴까요?
du bun tta ro gye san hae deu ril kka yo
要個別幫兩位結帳嗎?

이건 무슨 요금인지 모르겠어요.
i geon mu seun yo geu min ji mo reu ge sseo yo
我不知道這是什麼費用。

다시 한 번 확인해 주시겠습니까?
da si han beon hwa gin hae ju si get sseum ni kka
可以再幫我確認一次嗎?

제가 사겠습니다.

je ga sa get sseum ni da

我請客。

제가 계산하겠습니다.

je ga gye san ha get sseum ni da

我來結帳。

계산서에 봉사료까지 포함되어 있습니까?

gye san seo e bong sa ryo kka ji po ham doe eo it

sseum ni kka

帳單有包含服務費嗎？

그 요리는 먹지 않았습니다.

geu yo ri neun meok jji a nat sseum ni da

我沒吃那道菜。

감사합니다. 또 오세요.

gam sa ham ni da tto o se yo

謝謝，歡迎下次光臨。

잘 먹었습니다. 얼마예요?

jal meo geot sseum ni da eol ma ye yo

我吃飽了，多少？

카드로 지불할게요.

ka deu ro ji bul hal kke yo

我要刷卡。

돈 여기 있습니다. 영수증 주세요.
don yeo gi it sseum ni da yeong su jeung ju se yo
錢在這裡，請給我收據。

현금으로 지불하겠습니다.
hyeon geu meu ro ji bul ha get sseum ni da
我要用現金付款。

현금인가요, 카드인가요?
hyeon geu min ga yo ka deu in ga yo
您要付現金還是刷卡呢？

달러로 지불할 수 있습니까?
dal leo ro ji bul hal ssu it sseum ni kka
可以用美金付款嗎？

情境會話

A 손님, 잘 드셨습니까?
son nim jal tteu syeot sseum ni kka

B 예, 아주 맛있었어요. 얼마예요?
ye a ju ma si sseo sseo yo eol ma ye yo

A 전부 4만5천원입니다.
jeon bu sa ma no cheo nwo nim ni da

B 봉사료 포함입니까?
bong sa ryo po ha mim ni kka

A 네, 봉사료가 포함되어 있습니다.
ne bong sa ryo ga po ham doe eo it sseum ni da

B 신용카드로 지불하겠습니다.
si nyong ka deu ro ji bul ha get sseum ni da

A 여기에 사인해 주세요.
yeo gi e sa in hae ju se yo

中　譯

Ⓐ 您用餐滿意嗎？
Ⓑ 很好吃，多少錢？
Ⓐ 總共四萬五千韓元。
Ⓑ 有包含服務費嗎？
Ⓐ 是的，有包含服務費。
Ⓑ 我要刷卡。
Ⓐ 請您在這裡簽名。

關鍵句型

一 러 갑시다.
我們去 一 吧。

造　句

운동하러 갑시다.
un dong ha reo gap ssi da
我們去運動吧。

식사하러 갑시다.
sik ssa ha reo gap ssi da
我們去吃飯吧。

공부하러 갑시다.
gong bu ha reo gap ssi da
我們去讀書吧。

농구 하러 갑시다.
nong gu ha reo gap ssi da
我們去打籃球吧。

패스트푸드점에서
pae seu teu pu deu jeo me seo
速食店

實用例句

이 근처에 패스트푸드점이 있습니까?
i geun cheo e pae seu teu pu deu jeo mi it sseum ni kka

這附近有速食餐飲店嗎？

아이스크림 하나 주세요.
a i seu keu rim ha na ju se yo

請給我一個冰淇淋。

가지고 갈 겁니다.
ga ji go gal kkeom ni da

我要帶走。

토마토 케첩 좀 주세요.
to ma to ke cheop jom ju se yo

請給我蕃茄醬。

더 필요하신 것은 없습니까?
deo pi ryo ha sin geo seun eop sseum ni kka

還需要點其他的嗎？

情境會話

A 무엇을 시킬까요?
mu eo seul ssi kil kka yo

B 소고기 햄버거 두 개와 중간 사이즈 콜라 두 개 주세요.
so go gi haem beo geo du gae wa jung gan sa i jeu kol la du gae ju se yo

A 이게 전부입니까?
i ge jeon bu im ni kka

B 네. 햄버거 안에는 토마토를 넣지 말아 주세요.
ne haem beo geo a ne neun to ma to reul neo chi ma ra ju se yo

A 알겠습니다. 여기서 드시겠습니까, 아니면 가지고 가시겠습니까?
al kket sseum ni da yeo gi seo deu si get sseum ni kka a ni myeon ga ji go ga si get sseum ni kka

B 여기서 먹을 겁니다.
yeo gi seo meo geul kkeom ni da

中　譯

Ⓐ 您要點什麼？
Ⓑ 我要兩個牛肉漢堡和兩杯中杯可樂。

Ⓐ 這樣就好嗎？

Ⓑ 是的，請不要在漢堡裡加番茄。

Ⓐ 好的，您要內用還是外帶？

Ⓑ 內用。

關鍵句型

맛이 조금 —— 군요.
味道有點 —— 耶！

造　句

맛이 조금 맵군요.
ma si jo geum maep kku nyo
味道有點辣耶！

맛이 조금 싱겁군요.
ma si jo geum sing geop kku nyo
味道有點淡耶！

맛이 조금 짜군요.
ma si jo geum jja gu nyo
味道有點鹹耶！

맛이 조금 시군요.
ma si jo geum si gu nyo
味道有點酸耶！

술자리에서
sul ja ri e seo

喝酒的地方

MP3 **041**

實用例句

술 한 잔하러 갑시다.
sul han jan ha reo gap ssi da
我們去喝一杯吧。

뭐 마실래요? 막걸리는 어때요?
mwo ma sil lae yo mak kkeol li neun eo ttae yo
你要喝什麼？米酒怎麼樣？

맥주 있어요?
maek jju i sseo yo
有啤酒嗎？

소주 한 병 더 주세요.
so ju han byeong deo ju se yo
再給我一瓶燒酒。

건배할까요?
geon bae hal kka yo
我們來乾杯，好嗎？

술 한 잔하면서 그 일을 의논합시다.
sul han jan ha myeon seo geu i reul ui non hap ssi da
我們邊喝酒邊討論那件事吧。

내가 술 한 잔 살게.
nae ga sul han jan sal kke
我請你喝酒。

이 와인 한 병 더 주세요.
i wa in han byeong deo ju se yo
這個紅酒再給我一瓶。

제가 한 잔 따라 드릴게요.
je ga han jan tta ra deu ril ge yo
我幫您倒杯酒。

안주는 무엇이 있습니까?
an ju neun mu eo si it sseum ni kka
有什麼下酒菜？

한 잔 더 합시다.
han jan deo hap ssi da
再喝一杯吧。

情境會話

A 한 잔 더 하지 않을래요?
han jan deo ha ji a neul lae yo

B 아니에요. 난 좀 취했어요.
a ni e yo nan jom chwi hae sseo yo

A 벌써 취했어요? 우리 소주 한 병밖에 못 마셨는데…
beol sseo chwi hae sseo yo u ri so ju han byeong ba kke mot ma syeon neun de

B 내일 일찍 일어나야 돼서 많이 마시지 못해요.
nae il il jjik i reo na ya dwae seo ma ni ma si ji mo tae yo

中　譯

A 不再喝一杯嗎？
B 不了，我有點醉了。
A 你已經醉了？我們只喝一瓶燒酒耶…
B 我明天要早起，不能喝太多。

關鍵句型

── 을/를 위해서 건배！
為了 ── 乾杯！

造　句

우리의 승리를 위해서 건배!

u ri ui seung ni reul wi hae seo geon bae

為了我們的勝利乾杯！

모두의 건강을 위해서 건배!

mo du ui geon gang eul wi hae seo geon bae

為了大家的健康乾杯！

여러분의 성공을 위해서 건배!

yeo reo bu nui seong gong eul wi hae seo geon bae

為了各位的成功乾杯！

우리의 우정을 위해서 건배!

u ri ui u jeong eul wi hae seo geon bae

為了我們的友情乾杯！

隨身筆記

NOTE BOOK

第六章

백화점과 가게

百貨公司與商店

매장을 찾을 때
mae jang eul cha jeul ttae

尋找賣場

MP3 042

實用例句

이건 어디서 살 수 있습니까?
i geon eo di seo sal ssu it sseum ni kka
這個哪裡可以買得到？

편의점이 어디죠?
pyeo nui jeo mi eo di jyo
便利商店在哪裡？

오늘 쇼핑하러 갈 겁니까?
o neul ssyo ping ha reo gal kkeom ni kka
今天要去購物嗎？

이 근처에 면세점이 있습니까?
i geun cheo e myeon se jeo mi it sseum ni kka
這附近有免稅店嗎？

백화점이 어디에 있습니까?
bae kwa jeo mi eo di e it sseum ni kka
百貨公司在哪裡？

여성복 매장은 어디예요?

yeo seong bok mae jang eun eo di ye yo

女性服飾賣場在哪裡？

이 근처에 기념품 가게를 알고 있습니까?

i geun cheo e gi nyeom pum ga ge reul al kko it sseum ni kka

請問你知不知道這附近有沒有紀念品店？

시장이 어디죠?

si jang i eo di jyo

市場在哪裡？

식료품은 지하에 있습니까?

sing nyo pu meun ji ha e it sseum ni kka

食品在地下室嗎？

이 지역에는 가게들이 어디쯤 있습니까?

i ji yeo ge neun ga ge deu ri eo di jjeum it sseum ni kka

這個地區的商店在那裡？

여기 목도리를 팝니까?

yeo gi mok tto ri reul pam ni kka

這裡有賣圍巾嗎？

情境會話

A 오늘 뭐 사고 싶은 게 있어요?
o neul mwo sa go si peun ge i sseo yo

B 한국 날씨가 추워서 외투 하나 사고 싶어
요.
han guk nal ssi kka chu wo seo oe tu ha na sa go si
peo yo

A 나도 바지를 사고 싶어요.
na do ba ji reul ssa go si peo yo

B 그럼 우린 동대문에 갈까요? 거기 옷을 파는
가게가 많다고 들었어요.
geu reom u rin dong dae mu ne gal kka yo geo gi o
seul pa neun ga ge ga man ta go deu reo sseo yo

A 좋아요. 빨리 출발합시다.
jo a yo ppal li chul bal hap ssi da

中　譯

A 你今天有想買什麼嗎？
B 韓國天氣冷，我想買一件外套。
A 我也想買褲子。
B 那我們去東大門，好嗎？聽說那裡賣衣服
的店很多。
A 好啊，我們快點出發吧。

어디서 ── ㄹ/을 수 있습니까?
哪裡可以 ── 得到?

造　句

어디서 구할수 있습니까?
eo di seo gu hal ssu it sseum ni kka
哪裡可以拿得到?

어디서 찾을 수 있습니까?
eo di seo cha jeul ssu it sseum ni kka
哪裡可以找得到?

어디서 다운로드 받을 수 있습니까?
eo di seo da ul lo deu ba deul ssu it sseum ni kka
哪裡可以下載得到?

어디서 구입할 수 있습니까?
eo di seo gu i pal ssu it sseum ni kka
哪裡可以買得到?

옷을 살 때
o seul ssal ttae

買衣服

MP3 043

實用例句

반 바지를 찾고 있어요?
ban ba ji reul chat kko i sseo yo
你在找短褲嗎？

티셔츠를 찾고 있습니다.
ti syeo cheu reul chat kko it sseum ni da
我在找T恤。

커플옷이 있습니까?
keo peu ro si it sseum ni kka
有情侶裝嗎？

이 색깔은 저에게 어울립니까?
i saek kka reun jeo e ge eo ul lim ni kka
這個顏色適合我嗎？

이 옷은 세탁기로 빨아도 됩니까?
i o seun se tak kki ro ppa ra do doem ni kka
這件衣服可以用洗衣機洗嗎？

옷감은 무엇입니까?

ot kka meun mu eo sim ni kka

是什麼衣料？

색깔은 맘에 들지만 너무 꽉 끼는 것 같아요.

saek kka reun ma me deul jji man neo mu kkwak kki

neun geot ga ta yo

顏色很喜歡，但好像太緊了。

이 옷 좀 수선해 줄 수 있습니까?

i ot jom su seon hae jul su it sseum ni kka

這件衣服可以幫我修改嗎？

남성용 속옷은 어디 있어요?

nam seong yong so go seun eo di i sseo yo

男性內衣在哪裡？

양복 한 벌을 주문하고 싶어요.

yang bok han beo reul jju mun ha go si peo yo

我想訂做一套西裝。

짧은 치마를 사고 싶어요.

jjal beun chi ma reul ssa go si peo yo

我想買短裙。

이건 너무 헐렁해요.

i geon neo mu heol leong hae yo

這個太寬鬆了。

제가 입어봐도 될까요?
je ga i beo bwa do doel kka yo
我可以試穿嗎？

흰색으로 같은 사이즈는 없어요?
hin sae geu ro ga teun sa i jeu neun eop sseo yo
有一樣尺寸白色的嗎？

싼 옷은 어디서 살 수 있나요?
ssan o seun eo di seo sal ssu in na yo
便宜的衣服在哪裡買呢？

이것이 지금 유행하는 패션입니다.
i geo si ji geum yu haeng ha neun pae syeo nim ni da
這是現在流行的時裝。

울 100퍼센트입니다.
ul baek peo sen teu im ni da
這是百分之百的毛料。

情境會話

A 이것을 입어봐도 될까요?
i geo seul i beo bwa do doel kka yo

B 물론이죠. 탈의실은 저쪽에 있습니다.
mul lo ni jyo ta rui si reun jeo jjo ge it sseum ni da

A 제가 입기에는 좀 끼는군요.
je ga ip kki e neun jom kki neun gu nyo

B 그건 큰 사이즈가 있습니다. 입어보시겠습니까?
geu geon keun sa i jeu ga it sseum ni da. i beo bo si get sseum ni kka

A 네, 한 치수 큰 걸로 부탁합니다.
ne han chi su keun geol lo bu ta kam ni da

B 잠시만 기다려 주세요.
jam si man gi da ryeo ju se yo

中　譯

A 我可以試穿這個嗎？
B 當然可以，更衣室在那裡。
A 我穿有點緊呢！
B 那個有大的尺寸，您要試穿看看嗎？
A 好的，麻煩給我大一號的尺寸。
B 請稍等。

關鍵句型

—— 기다려 주세요.
請等我 —— 。

造　句

조금만 기다려 주세요.
jo geum man gi da ryeo ju se yo
請等我一下。

잠깐만 기다려 주세요.
jam kkan man gi da ryeo ju se yo
請等我一下。

10분만 기다려 주세요
sip ppun man gi da ryeo ju se yo
請等我十分鐘就好。

30분 정도 기다려 주세요.
sam sip ppun jeong do gi da ryeo ju se yo
請等我三十分鐘左右。

신발을 살 때

sin ba reul ssal ttae

買鞋子

實用例句

저 운동화 좀 보여주시겠어요?

jeo un dong hwa jom bo yeo ju si ge sseo yo

那雙球鞋可以給我看看嗎？

이 샌들이 가장 마음에 들어요.

i saen deu ri ga jang ma eu me deu reo yo

這雙涼鞋我最喜歡。

발 사이즈가 어떻게 되세요?

bal ssa i jeu ga eo tteo ke doe se yo

您鞋子的尺寸是多少？

낮은 굽의 구두가 있습니까?

na jeun gu bui gu du ga it sseum ni kka

有沒有低跟的高跟鞋？

제 치수는 235입니다.

je chi su neun i baek ssam si bo im ni da

我的尺寸是235號。

너무 꽉 끼어서 발이 아파요.

neo mu kkwak kki eo seo ba ri a pa yo

太緊了，腳會痛。

다른 색깔을 보여 주시겠어요?

da reun saek kka reul ppo yeo ju si ge sseo yo

可以給我看別的顏色嗎？

좀 걸어 봐도 되겠습니까?

jom geo reo bwa do doe get sseum ni kka

我可以走走看嗎？

저는 하이힐을 싫어해요.

jeo neun ha i hi reul ssi reo hae yo

我討厭高跟鞋。

굽이 낮은 신이 편해요.

gu bi na jeun si ni pyeon hae yo

低跟的鞋子很舒服。

이 신발은 어떻습니까?

i sin ba reun eo tteo sseum ni kka

這雙鞋子怎麼樣？

저 구두가 얼마죠?

jeo gu du ga eol ma jyo

那雙皮鞋多少錢？

여기가 좀 꽉 낍니다.

yeo gi ga jom kkwak kkim ni da

這裡很緊。

다른 것을 신어 보시겠어요?

da reun geo seul ssi neo bo si ge sseo yo

您要試穿別的嗎？

슬리퍼를 사고 싶은데요.

seul li peo reul ssa go si peun de yo

我想買拖鞋。

한 켤레 얼마입니까?

han kyeol le eol ma im ni kka

一雙多少錢？

사이즈가 큰 걸로 갖다 드릴게요.

sa i jeu ga keun geol lo gat tta deu ril ge yo

我拿大號的給您。

情境會話

A 어때요? 잘 맞습니까?

eo ttae yo jal mat sseum ni kka

B 제게 좀 크군요. 더 작은 거 없나요?

je ge jom keu gu nyo deo ja geun geo eom na yo

그건 제일 작은 거예요. 이 하이힐도 예뻐요.
한번 신어 보실래요?

A

geu geon je il ja geun geo ye yo i ha i hil do ye ppeo
yo han beon si neo bo sil lae yo

아니요. 그건 마음에 안 들어요.

B

a ni yo geu geon ma eu me an deu reo yo.

괜찮아요. 여기 예쁜 거 많이 있으니까 천천
히 보세요.

A

gwaen cha na yo. yeo gi ye ppeun geo ma ni i sseu ni
kka cheon cheon hi bo se yo

中　譯

Ⓐ 怎麼樣？合腳嗎？
Ⓑ 我穿有點大，有小一點的嗎？
Ⓐ 那是最小的了。這雙高跟鞋也很漂亮，
　　要試穿看看嗎？
Ⓑ 不了，那個我不喜歡。
Ⓐ 沒關係，這裡有很多很漂亮的鞋子，您慢
　　慢看。

關鍵句型

── 을/를 좀 가져다 주세요.
請拿 ── 給我。

造　句

의자를 좀 가져다 주세요.
ui ja reul jjom ga jeo da ju se yo.
請拿椅子給我。

신문을 좀 가져다 주세요.
sin mu neul jjom ga jeo da ju se yo
請拿報紙給我。

휴지를 좀 가져다 주세요.
hyu ji reul jjom ga jeo da ju se yo
請拿衛生紙給我。

물을 좀 가져다주세요.
mu reul jjom ga jeo da ju se yo
請拿水給我。

전자 제품을 살 때
jeon ja je pu meul ssal ttae

買電子產品

實用例句

전기 제품은 어디서 팝니까?
jeon gi je pu meun eo di seo pam ni kka
哪裡有賣電子產品？

이 컴퓨터는 세일 중인가요?
i keom pyu teo neun se il jung in ga yo
這台電腦在打折嗎？

보증서는 있습니까?
bo jeung seo neun it sseum ni kka
有保固書嗎？

그건 수입품입니까?
geu geon su ip pu mim ni kka
那是進口貨嗎？

전시품은 있어요?
jeon si pu meun i sseo yo
有展示品嗎？

A 진열장에 있는 저 카메라 좀 보여 주세요.
ji nyeol jang e in neun jeo ka me ra jom bo yeo ju se yo

B 여기 있습니다.
yeo gi it sseum ni da

A 이것으로 다른 색상도 있습니까?
i geo seu ro da reun saek ssang do it sseum ni kka

B 검정색, 흰색, 분홍색 등이 있습니다.
geom jeong saek hin saek bun hong saek deung i it sseum ni da

A 품질 보증기간은 몇 년입니까?
pum jil bo jeung gi ga neun myeot nyeo nim ni kka

B 1년동안 품질 보증을 해 드립니다.
il lyeon dong an pum jil bo jeung eul hae deu rim ni da

中　譯

A 展示窗裡的那台相機給我看一下。
B 在這裡。
A 這個有其他顏色嗎？
B 有黑色、白色和粉紅色。
A 有幾年保固？
B 有一年保固。

關鍵句型

一 은/는 어디서 팝니까?
—— 哪裡有在賣？

造 句

인형은 어디서 팝니까?
in hyeong eun eo di seo pam ni kka
娃娃哪裡有在賣？

이런 물건은 어디서 팝니까?
i reon mul geo neun eo di seo pam ni kka
這種物品哪裡有在賣？

반지는 어디서 팝니까?
ban ji neun eo di seo pam ni kka
戒指哪裡有在賣？

표는 어디서 팝니까?
pyo neun eo di seo pam ni kka
票哪裡有在賣？

상품에 대해서
sang pu me dae hae seo

詢問產品

질이 더 좋은 게 있어요?
ji ri deo jo eun ge i sseo yo

有品質更好的嗎？

이것은 무엇으로 만든 것입니까?
i geo seun mu eo seu ro man deun geo sim ni kka

這是用什麼做的？

이것은 뭐에 쓰는 것입니까?
i geo seun mwo e sseu neun geo sim ni kka

這個的用途是？

이것으로 검은색이 있습니까?
i geo seu ro geo meun sae gi it sseum ni kka

這個有黑色嗎？

낱개로 팝니까?
nat kkae ro pam ni kka

可以單賣嗎？

요즘에는 어느 것이 인기가 많습니까?

yo jeu me neun eo neu geo si in gi ga man sseum ni kka

最近哪一個比較受歡迎？

다른 제품을 보여 주시겠어요?

da reun je pu meul ppo yeo ju si ge sseo yo

可以拿別的製品給我看嗎？

이것과 같은 것이 있습니까?

i geot kkwa ga teun geo si it sseum ni kka

有和這個一樣的東西嗎？

이게 진품입니까?

i ge jin pu mim ni kka

這是真貨嗎？

좀 더 나은 것을 보여 주세요.

jom deo na eun geo seul ppo yeo ju se yo

拿好一點的給我看看。

뭘 추천하시겠어요?

mwol chu cheon ha si ge sseo yo

您推薦什麼？

情境會話

A 특별히 찾고 계신 물건이 있습니까?
teuk ppyeol hi chat kko gye sin mul geo ni it sseum ni kka

B 이것과 그것의 차이가 뭐예요?
i geot kkwa geu geo sui cha i ga mwo ye yo

A 같은 것이지만 이것은 수입품이라서 좀 비쌉니다.
ga teun geo si ji man i geo seun su ip pu mi ra seo jom bi ssam ni da

B 그렇군요. 이런 종류로 다른 것도 있습니까?
geu reo ku nyo i reon jong nyu ro da reun geot tto it sseum ni kka

A 없습니다.
eop sseum ni da

中　譯

A 您有特別要找的東西嗎？
B 這個和那個的差異是什麼？
A 都是一樣的東西，但這個是進口貨所以比較貴。
B 原來如此，那這個種類還有其他的嗎？
A 沒有了。

關鍵句型

이것으로 ─ 이/가 있습니까?
這個有 ─── 嗎?

造　句

이것으로 검정색이 있습니까?
i geo seu ro geom jeong sae gi it sseum ni kka
這個有黑色的嗎?

이것으로 다른 무늬도 있습니까?
i geo seu ro da reun mu ni do it sseum ni kka
這個有其他花紋的嗎?

이것으로 다른 색상도 있습니까?
i geo seu ro da reun saek ssang do it sseum ni kka
這個有其他顏色的嗎?

이것으로 더 작은 사이즈가 있습니까?
i geo seu ro deo ja geun sa i jeu ga it sseum ni kka
這個有更小一點的尺寸嗎?

액세서리 및 잡화
aek sse seo ri mit ja pwa
飾品及日用品

實用例句

저 목걸이 좀 보여 주세요.
jeo mok kkeo ri jom bo yeo ju se yo
請給我看那條項鍊。

넥타이가 어디에 있습니까?
nek ta i ga eo di e it sseum ni kka
領帶在哪裡？

요즘 유행하는 모자를 몇 가지 보여 주시겠
어요?
yo jeum yu haeng ha neun mo ja reul myeot ga ji bo
yeo ju si ge sseo yo
可以給我看幾種最近在流行的帽子嗎？

손가방 있습니까?
son ga bang it sseum ni kka
有手提包嗎？

저것을 보여 주시겠어요？

jeo geo seul ppo yeo ju si ge sseo yo

可以給我看那個嗎？

비옷을 사려고 하는데 여기 있습니까?

bi o seul ssa ryeo go ha neun de yeo gi it sseum ni kka

我想買雨衣，這裡有嗎？

좋은 손목시계 추천 좀 부탁드려요.

jo eun son mok ssi gye chu cheon jom bu tak tteu
ryeo yo

請推薦不錯的手錶給我。

책가방을 보고 싶은데요.

chaek kka bang eul ppo go si peun de yo

我想看書包。

이 팔찌는 예쁘군요. 얼마입니까?

i pal jji neun ye ppeu gu nyo eol ma im ni kka

這手鍊很漂亮呢！多少錢？

화장품 코너는 어디에 있습니까?

hwa jang pum ko neo neun eo di e it sseum ni kka

請問化妝品區在哪裡？

립스틱을 찾고 있습니다.

rip sseu ti geul chat kko it sseum ni da

我在找口紅。

A 어서 오세요. 무엇을 찾으십니까?
eo seo o se yo mu eo seul cha jeu sim ni kka

B 선글라스를 사고 싶은데 여기 있습니까?
seon geul la seu reul ssa go si peun de yeo gi it sseum
ni kka

A 네, 있습니다. 이쪽으로 오세요.
ne it sseum ni da i jjo geu ro o se yo

B 이건 예쁘네요. 써 봐도 될까요?
i geon ye ppeu ne yo sseo bwa do doel kka yo

A 네, 써 보세요. 여기 거울이 있습니다.
ne sseo bo se yo yeo gi geo u ri it sseum ni da

B 고맙습니다.
go map sseum ni da

中　譯

A 歡迎光臨，您在找什麼？
B 我想買太陽眼鏡，這裡有嗎？
A 有的，請來這邊。
B 這個很漂亮耶！我可以試戴嗎？
A 可以，請試戴，這裡有鏡子。
B 謝謝。

關鍵句型

― (으)로 가세요.
請你去（往）―― 。

造　句

왼쪽으로 가세요.
oen jjo geu ro ga se yo.
請你往左邊走。

오른쪽으로 가세요.
o reun jjo geu ro ga se yo
請你往右邊走。

집으로 돌아가세요
ji beu ro do ra ga se yo
請你回家。

저기로 가세요.
jeo gi ro ga se yo
請你去那裡。

선물을 살 때

seon mu reul ssal ttae

買禮物

實用例句

기념품 가게는 어디에 있습니까?

gi nyeom pum ga ge neun eo di e it sseum ni kka

紀念品店在哪裡？

━━━━━━━━━━━━━━━━━━

제 딸에게 줄 선물을 사고 싶습니다.

je tta re ge jul seon mu reul ssa go sip sseum ni da

我想買送給女兒的禮物。

━━━━━━━━━━━━━━━━━━

친구에게 줄 선물을 찾고 있습니다.

chin gu e ge jul seon mu reul chat kko it sseum ni da

我在找送給朋友的禮物。

━━━━━━━━━━━━━━━━━━

이 지역의 특산품은 무엇입니까?

i ji yeo gui teuk ssan pu meun mu eo sim ni kka

這地區的特產是什麼？

━━━━━━━━━━━━━━━━━━

기념품으로 살 만한 것을 추천해 주시겠어요?

gi nyeom pu meu ro sal man han geo seul chu cheon
hae ju si ge sseo yo

可以為我推薦值得買得紀念品嗎？

情境會話

A 손님, 무엇을 도와 드릴까요?
son nim mu eo seul tto wa deu ril kka yo

B 아버지께 드릴 선물을 찾고 있어요. 추천해
주시겠어요?
a beo ji kke deu ril seon mu reul chat kko i sseo yo
chu cheon hae ju si ge sseo yo

A 아버님께서 손목시계를 착용하십니까?
a beo nim kke seo son mok ssi gye reul cha gyong ha
sim ni kka

B 네.
ne

A 그럼 이 손목시계는 어떻습니까? 이 시계는
방수 기능을 갖추고 있습니다.
geu reom i son mok ssi gye neun eo tteo sseum ni
kka i si gye neun bang su gi neung eul kkat chu go it
sseum ni da

B 괜찮네요. 얼마예요?
gwaen chan ne yo eol ma ye yo

中　譯

🅐 客人，能幫您什麼忙？

🅑 我在找送給爸爸的禮物，您能為我推薦
嗎？

🅐 您父親會戴手錶嗎？

B 會。

A 那這隻手錶如何？這隻錶具有防水功能。

B 不錯耶！多少錢？

```
關鍵句型

저는 ─ 고 있습니다.
我（正）在 ── 。
```

造　句

저는 아파트에서 살고 있습니다.
jeo neun chae geul il kko it sseum ni da
我（現在）住在公寓。

저는 책을 읽고 있습니다.
jeo neun chae geul il kko it sseum ni da
我在看書。

저는 공부를 하고 있습니다.
jeo neun gong bu reul ha go it sseum ni da
我在讀書。

저는 아르바이트를 하고 있습니다.
jeo neun a reu ba i teu reul ha go it sseum ni da
我在打工。

가격을 물을 때
ga gyeo geul mu reul ttae

詢問價格

MP3 049

實用例句

모두 얼마입니까?
mo du eol ma im ni kka
全部多少錢？

오늘은 30퍼센트 할인됩니다.
o neu reun sam sip peo sen teu ha rin doem ni da
今天打七折。

표시된 가격대로입니까?
pyo si doen ga gyeok ttae ro im ni kka
價格和上面所標示的一樣嗎？

가격이 얼마죠?
ga gyeo gi eol ma jyo
價格多少？

여기서는 얼마에 팝니까?
yeo gi seo neun eol ma e pam ni kka
這裡賣多少？

A 이건 얼마입니까?
i geon eol ma im ni kka

B 원래 4만5천원인데 지금은 50프로 할인하고
있습니다.
wol lae sa ma no cheo nwo nin de ji geu meun o sip
peu ro ha rin ha go it sseum ni da

A 언제까지 세일합니까?
eon je kka ji se il ham ni kka

B 이번 달까지만 할인합니다.
i beon dal kka jji man ha rin ham ni da

A 며칠 안 남았네요.
myeo chil an na man ne yo

B 안 사면 후회하실 겁니다.
an sa myeon hu hoe ha sil geom ni da

中　譯

Ⓐ 這個多少錢？
Ⓑ 本來是4萬5千元，現在半價。
Ⓐ 打折到什麼時候？
Ⓑ 只到這個月。
Ⓐ 沒剩幾天了呢！
Ⓑ 不買您會後悔的。

關鍵句型

언제까지 ── (ㅂ)습니까?
── 到什麼時候?

造　句

언제까지 기다립니까?
eon je kka ji gi da rim ni kka
要等到什麼時候?

언제까지 유효합니까?
eon je kka ji yu hyo ham ni kka
有效到什麼時候?

언제까지 그럴 겁니까?
eon je kka ji geu reol geom ni kka
那樣子要到什麼時候?

언제까지 신청해야 합니까?
eon je kka ji sin cheong hae ya ham ni kka
要在什麼時候以前申請?

가격을 흥정할 때

ga gyeo geul heung jeong hal ttae

討價還價

實用例句

그것 좀 비싸군요.
geu geot jom bi ssa gu nyo
那個有點貴耶!

가격이 너무 비쌉니다.
ga gyeo gi neo mu bi ssam ni da
價格很貴。

좀 더 싼 것은 없습니까?
jom deo ssan geo seun eop sseum ni kka
沒有更便宜一點的嗎?

이건 이미 할인된 가격입니다.
i geon i mi ha rin doen ga gyeo gim ni da
這已經是打折後的價錢了。

좀 싸게 해 주세요.
jom ssa ge hae ju se yo
請算我便宜一點。

어느 정도 가격의 것을 원하십니까?

eo neu jeong do ga gyeo gui geo seul won ha sim ni kka

您希望是什麼樣價格的呢？

죄송합니다. 저희는 정찰제로 판매합니다.

joe song ham ni da jeo hi neun jeong chal jje ro pan mae ham ni da

對不起，我們不二價。

싸게 사시는 겁니다.

ssa ge sa si neun geom ni da

您買得很便宜。

조금 깎아 주시겠습니까?

jo geum kka kka ju si get sseum ni kka

可以算我便宜一點嗎？

할인을 해 주시겠습니까?

ha ri neul hae ju si get sseum ni kka

可以打折給我嗎？

조금만 더 싸면 제가 사겠습니다.

jo geum man deo ssa myeon je ga sa get sseum ni da

如果再便宜一點，我就買。

情境會話

A 얼마예요?
eol ma ye yo

B 5만8천원입니다.
o man pal cheo nwo nim ni da

A 제가 예상했던 것보다 비싸군요.
je ga ye sang haet tteon geot ppo da bi ssa gu nyo

B 절대 안 비싸요. 이건 질이 좋은 거예요.
jeol dae an bi ssa yo i geon ji ri jo eun geo ye yo

A 현금으로 사면 싸게 줄 수 있어요?
hyeon geu meu ro sa myeon ssa ge jul su i sseo yo

B 죄송합니다. 이건 마지막이에요. 싸게 드릴
수 없어요.
joe song ham ni da i geon ma ji ma gi e yo ssa ge deu
ril su eop sseo yo

中 譯

Ⓐ 多少錢？
Ⓑ 5萬8千韓元。
Ⓐ 比我想的還貴呢！
Ⓑ 絕對不會貴，這是品質好的東西。
Ⓐ 用現金買可以算我便宜一點嗎？
Ⓑ 對不起，這是最後一件，不能便宜給
您。

關鍵句型

― 은/는 없습니까?
沒有 ― 嗎?

造 句

샘플은 없습니까?
saem peu reun eop sseum ni kka
沒有樣品嗎?

다른 방법은 없습니까?
da reun bang beo beun eop sseum ni kka
沒有其他方法嗎?

문제는 없습니까?
mun je neun eop sseum ni kka
沒有問題嗎?

숙제는 없습니까?
suk jje neun eop sseum ni kka
沒有作業嗎?

구입 및 포장
gu ip mit po jang

購買及包裝

實用例句

계산대는 어디 있어요?
gye san dae neun eo di i sseo yo
結帳台在哪裡？

다음에 사지요.
da eu me sa ji yo
我下次再買。

다른 곳 더 둘러보고 결정할게요.
da reun got deo dul leo bo go gyeol jeong hal kke yo
我去別的地方看看再決定。

이걸로 주세요.
i geol lo ju se yo
我要買這個。

종이 봉투 좀 주시겠어요?
jong i bong tu jom ju si ge sseo yo
可以給我個紙袋嗎？

다 고르셨어요?

da go reu syeo sseo yo

您挑選完畢了嗎?

비싸지 않군요. 그걸 사겠어요.

bi ssa ji an ku nyo geu geol sa ge sseo yo

不貴耶!我要買那個。

현금으로 지불하시겠습니까, 혹은 카드로?

hyeon geu meu ro ji bul ha si get sseum ni kka ho geun ka deu ro

您要用現金支付,還是刷卡?

세금이 포함된 가격입니까?

se geu mi po ham doen ga gyeo gim ni kka

這是包含稅金的價錢嗎?

현금으로 지불하겠습니다.

hyeon geu meu ro ji bul ha get sseum ni da

我要用現金付款。

우리는 현금만 받습니다.

u ri neun hyeon geum man bat sseum ni da

我們只收現金。

포장해 주시겠어요?

po jang hae ju si ge sseo yo

可以幫我包裝嗎？

거스름돈이 모자라요.
geo seu reum do ni mo ja ra yo
我零錢不夠。

어떻게 포장해 드릴까요?
eo tteo ke po jang hae deu ril kka yo
要怎麼幫您包裝呢？

선물용으로 포장해 드릴까요?
seon mu ryong eu ro po jang hae deu ril kka yo
以禮物的方式幫您包裝嗎？

전부 같이 포장해 드릴까요?
jeon bu ga chi po jang hae deu ril kka yo
幫您裝在一起嗎？

고맙습니다. 또 오세요.
go map sseum ni da tto o se yo
謝謝！歡迎再次光臨。

情境會話

이것으로 하겠습니다.
i geo seu ro ha get sseum ni da

B 포장해 드릴까요?
po jang hae deu ril kka yo

A 네, 선물할 것이니까 예쁘게 포장해 주세요.
ne seon mul hal kkeo si ni kka ye ppeu ge po jang hae ju se yo

B 그럼 모두 5만원입니다.
geu reom mo du o ma nwo nim ni da

A 여행 수표로 지불해도 됩니까?
yeo haeng su pyo ro ji bul hae do doem ni kka

B 물론이죠.
mul lo ni jyo

中 譯

Ⓐ 我要買這個。
Ⓑ 要幫您包裝嗎？
Ⓐ 是的，這是要送人的，請幫我包漂亮一點。
Ⓑ 那總共是五萬韓元。
Ⓐ 可以用旅行支票付款嗎？
Ⓑ 當然可以。

關鍵句型

── 어/아/해도 됩니까?
可以 ── 嗎？

들어가도 됩니까?
deu reo ga do doem ni kka
可以進去嗎？

놀아도 됩니까?
no ra do doem ni kka
可以玩嗎？

가도 됩니까?
ga do doem ni kka
可以走了嗎？

말해도 됩니까?
mal hae tto doem ni kka
可以說嗎？

교환 및 반품

gyo hwan mit ban pum

換貨及退貨

052

實用例句

이걸 환불해 주실 수 있겠습니까?

i geol hwan bul hae ju sil su it kket sseum ni kka

這個可以幫我退費嗎？

이것을 환불해 주세요.

i geo seul hwan bul hae ju se yo

這個請幫我退費。

이 책을 반품하고 싶어요.

i chae geul ppan pum ha go si peo yo

這本書我想退貨。

다른 것으로 교환하고 싶습니다.

da reun geo seu ro gyo hwan ha go sip sseum ni da

我想換成別的。

영수증을 보여 주시겠어요?

yeong su jeung eul ppo yeo ju si ge sseo yo

可以給我看一下收據嗎？

A 이 구두를 교환하려고 하는데요.
i gu du reul kkyo hwan ha ryeo go ha neun de yo

B 무엇이 잘못되었습니까?
mu eo si jal mot ttoe eot sseum ni kka

A 별 문제는 없는데 좀 작은 것 같아요.
byeol mun je neun eom neun de jom ja geun geot ga
ta yo

B 더 큰 것으로 바꿔 드릴까요?
deo keun geo seu ro ba kkwo deu ril kka yo

A 아니요. 다른 스타일의 구두로 교환해도 되
나요?
a ni yo da reun seu ta i rui gu du ro gyo hwan hae do
doe na yo

B 가능합니다. 같은 가격의 신발로 바꿀 수 있
습니다.
ga neung ham ni da ga teun ga gyeo gui sin bal lo ba
kkul su it sseum ni da

中　譯

A 我想換這雙皮鞋。
B 有什麼問題嗎？
A 沒有什麼問題，只是好像有點小。
B 要幫您換大雙的嗎？
A 不，我可以換成其他樣式的皮鞋嗎？

B 可以，可以換同樣價格的鞋子。

關鍵句型

저는 —— 려고 합니다.
我想 —— 。

造　句

저는 한국어를 배우려고 합니다.
jeo neun han gu geo reul ppae u ryeo go ham ni da
我想學韓國語。

저는 캐나다에 유학을 가려고 합니다.
jeo neun kae na da e yu ha geul kka ryeo go ham ni
da
我想去加拿大留學。

저는 떠나려고 합니다.
jeo neun tteo na ryeo go ham ni da
我想離開。

저는 회사를 그만두려고 합니다.
jeo neun hoe sa reul kkeu man du ryeo go ham ni da
我想辭職。

第七章

관광

觀光

관광 정보 문의
gwan gwang jeong bo mu nui
詢問觀光資訊

MP3 **053**

實用例句

야경을 볼 수 있는 곳을 아십니까?
ya gyeong eul ppol su in neun go seul a sim ni kka
你知道哪裡有可以欣賞夜景的地方嗎?

어떤 종류의 버스 관광이 있습니까?
eo tteon jong nyu ui beo seu gwan gwang i it sseum
ni kka
有哪些種類的巴士觀光呢?

시내를 한 눈에 볼 수 있는 곳이 있습니까?
si nae reul han nu ne bol su in neun go si it sseum ni
kka
有可以欣賞市區全景的地方嗎?

가장 좋은 관광지는 어디입니까?
ga jang jo eun gwan gwang ji neun eo di im ni kka
最棒的觀光地在哪裡?

여행 기간은 며칠입니까?

yeo haeng gi ga neun myeo chi rim ni kka

旅行期間是幾天？

저렴한 호텔을 추천해 주시겠어요?

jeo ryeom han ho te reul chu cheon hae ju si ge sseo
yo

可以推薦我便宜的飯店嗎？

부산에서 구경할 만한 곳을 추천해 주시겠습
니까?

bu sa ne seo gu gyeong hal man han go seul chu
cheon hae ju si get sseum ni kka

可以推薦我釜山值得一去的地方嗎？

반나절 관광과 하루 관광이 있습니다.

ban na jeol gwan gwang gwa ha ru gwan gwang i it
sseum ni da

有半天的觀光行程和一天的觀光行程。

서울은 무엇으로 유명합니까?

seo u reun mu eo seu ro yu myeong ham ni kka

首爾以什麼出名？

이 관광은 몇 시간 걸립니까?

i gwan gwang eun myeot si gan geol lim ni kka

這個觀光行程要花幾個小時？

어떤 종류의 투어가 있습니까?

eo tteon jong nyu ui tu eo ga it sseum ni kka

有哪些種類的旅遊？

이 관광지에 대해 설명해 주시겠습니까?

i gwan gwang ji e dae hae seol myeong hae ju si get

sseum ni kka

可以為我說明一下這個觀光景點嗎？

저는 자연 풍경에 관심이 있습니다.

jeo neun ja yeon pung gyeong e gwan si mi it sseum

ni da

我對自然風景感興趣。

쇼핑가가 어디에 있습니까?

syo ping ga ga eo di e it sseum ni kka

購物街在哪裡？

좋은 한국전통요리 식당을 추천해 주시겠어

요?

jo eun han guk jjeon tong yo ri sik ttang eul chu

cheon hae ju si ge sseo yo

可以推薦我不錯的韓國傳統料理餐廳嗎？

여기서 표 예약을 할 수 있을까요?

yeo gi seo pyo ye ya geul hal ssu i sseul kka yo

這裡可以訂票嗎？

어느 지역에 위치하고 있습니까?
eo neu ji yeo ge wi chi ha go it sseum ni kka
位於哪個地方？

현재 어디에서 문화 이벤트가 열리고 있습니
까?
hyeon jae eo di e seo mun hwa i ben teu ga yeol li go
it sseum ni kka
現在哪裡有舉行文化活動？

꼭 구경해야 할 곳 몇 군데를 가르쳐 주십시
오.
kkok gu gyeong hae ya hal kkot myeot gun de reul kka
reu cheo ju sip ssi o
請告訴我一定要去的幾個地方。

이 관광은 식사 포함입니까?
i gwan gwang eun sik ssa po ha mim ni kka
這個觀光有包吃的嗎？

김치 박물관에 가고 싶어요.
gim chi bang mul gwa ne ga go si peo yo
我想去泡菜博物館。

설명 좀 부탁드립니다.
seol myeong jom bu tak tteu rim ni da
麻煩您介紹一下。

그 곳에서 무엇을 볼 수 있습니까?

geu go se seo mu eo seul ppol su it sseum ni kka

在那裡可以看到什麼？

몇 시에 문을 닫습니까?

myeot si e mu neul ttat sseum ni kka

幾點關門？

몇 시에 문을 엽니까?

myeot si e mu neul yeom ni kka

幾點開門？

관광객을 위한 특별한 행사는 있습니까?

gwan gwang gae geul wi han teuk ppyeol han haeng

sa neun it sseum ni kka

有專為觀光客舉辦的活動嗎？

단체여행 일행이 몇 명이에요?

dan che yeo haeng il haeng i myeot myeong i e yo

團體旅行一團有幾個人？

거기에 가려면 옷은 어떻게 준비하면 됩니까?

geo gi e ga ryeo myeon o seun eo tteo ke jun bi ha

myeon doem ni kka

去那裡的話，衣服要怎麼準備呢？

이 여행은 비용이 얼마나 듭니까?
i yeo haeng eun bi yong i eol ma na deum ni kka
這個旅行費用是多少？

A 무엇을 도와 드릴까요?
mu eo seul tto wa deu ril kka yo

B 이곳의 구경거리를 가르쳐 주세요.
i go sui gu gyeong geo ri reul kka reu cheo ju se yo

A 이 부근에서 가장 유명한 관광지는 경복궁입
니다. 경복궁은 옛날 왕이 살던 곳입니다.
i bu geu ne seo ga jang yu myeong han gwan gwang
ji neun gyeong bok kkung im ni da gyeong bok kkung
eun yen nal wang i sal tteon go sim ni da

B 어떻게 가야 합니까?
eo tteo ke ga ya ham ni kka

A 여기서 멀지 않으니까 걸어서 갈 수 있습니
다.
yeo gi seo meol ji a neu ni kka geo reo seo gal ssu it
sseum ni da

B 경복궁에 가는 지도를 주십시오.
gyeong bok kkung e ga neun ji do reul jju sip ssi o

第七章　관광　觀光　**221**

Ⓐ 能幫您什麼忙？
Ⓑ 請告訴我這地方可以逛逛的地方。
Ⓐ 這附近最有名的觀光景點是景福宮，景福宮是古代國王居住的地方。
Ⓑ 要怎麼去呢？
Ⓐ 離這裡不遠，走路可以到。
Ⓑ 請給我去景福宮的地圖。

關鍵句型

── 관광이 있습니까?
有 ── 觀光嗎？

造　句

어떤 관광이 있습니까?
eo tteon gwan gwang i it sseum ni kka
有什麼樣的觀光？

시내 관광이 있습니까?
si nae gwan gwang i it sseum ni kka
有市區觀光嗎？

야간 관광이 있습니까?
ya gan gwan gwang i it sseum ni kka
有夜間觀光嗎？

주말 관광이 있습니까?
ju mal kkwan gwang i it sseum ni kka
有周末觀光嗎？

관광안내소에서
gwan gwang an nae so e seo
觀光諮詢處

MP3 054

實用例句

관광 안내소는 어디에 있나요?
gwan gwang an nae so neun eo di e in na yo
觀光諮詢所在哪裡？

이 도시의 지도를 얻고 싶습니다.
i do si ui ji do reul eot kko sip sseum ni da
我想拿這個都市的地圖。

지하철의 지도가 있습니까?
ji ha cheo rui ji do ga it sseum ni kka
有地鐵圖嗎？

몇 시에 출발합니까?
myeot si e chul bal ham ni kka
幾點出發呢？

몇 시에 도착합니까?
myeot si e do cha kam ni kka
幾點抵達呢？

다음 관광버스는 언제 출발합니까?

da eum gwan gwang beo seu neun eon je chul bal
ham ni kka

下一台觀光巴士什麼時候出發？

서울의 관광안내 팸플릿이 있습니까?

seo u rui gwan gwang an nae paem peul li si it sseum
ni kka

有首爾的觀光手冊嗎？

중국어 가이드가 있습니까?

jung gu geo ga i deu ga it sseum ni kka

有中文導遊嗎？

우리는 밤 9시의 비행기입니다. 남은 시간에
어디에 가면 좋을까요?

u ri neun bam a hop ssi ui bi haeng gi im ni da na
meun si ga ne eo di e ga myeon jo eul kka yo

我們是晚上9點的飛機，剩下的時間去哪裡好
呢？

저는 관광객입니다. 영어로 설명해 주시겠어
요?

jeo neun gwan gwang gae gim ni da yeong eo ro seol
myeong hae ju si ge sseo yo

我是觀光客，您可以用英語說明嗎？

情境會話

A 안녕하세요. 뭐 필요하세요?
an nyeong ha se yo mwo pi ryo ha se yo

B 관광객을 위한 여행 소책자가 있습니까?
gwan gwang gae geul wi han yeo haeng so chaek jja
ga it sseum ni kka

A 어디에서 오셨습니까?
eo di e seo o syeot sseum ni kka

B 대만에서 왔습니다.
dae ma ne seo wat sseum ni da

A 여기 중국어로 된 안내책자가 있습니다.
yeo gi jung gu geo ro doen an nae chaek jja ga it
sseum ni da

B 고맙습니다.
go map sseum ni da

中　譯

Ⓐ 您好，需要什麼嗎？
Ⓑ 有給觀光客的旅遊小冊子嗎？
Ⓐ 您從哪裡來呢？
Ⓑ 我從台灣來的。
Ⓐ 這裡有中文的旅遊手冊。
Ⓑ 謝謝。

몇 시에 ─ (ㅂ)습니까?
幾點 ─ ？

造 句

몇 시에 옵니까?
myeot si e om ni kka
幾點來？

몇 시에 떠납니까?
myeot si e tteo nam ni kka
幾點離開？

몇 시에 만납니까?
myeot si e man nam ni kka
幾點見面？

몇 시에 시작합니까?
myeot si e si ja kam ni kka
幾點開始？

관광지에서
gwan gwang ji e seo

在觀光地

MP3 055

實用例句

출발합시다.
chul bal hap ssi da
我們出發吧。

이 건물은 왜 유명합니까?
i geon mu reun wae yu myeong ham ni kka
這棟建築為什麼有名？

그걸 보고 싶어요.
geu geol bo go si peo yo
我想看那個。

여기서 수영할 수 있어요?
yeo gi seo su yeong hal ssu i sseo yo
這裡可以游泳嗎？

저기 조각상이 있네요.
jeo gi jo gak ssang i in ne yo
那裡有雕像耶！

안내해 주세요. 저는 따라 가겠어요.
an nae hae ju se yo jeo neun tta ra ga ge sseo yo
請帶路，我跟你走。

입구는 어디입니까?
ip kku neun eo di im ni kka
入口在哪裡？

유람선은 어디서 탈 수 있습니까?
yu ram seo neun eo di seo tal ssu it sseum ni kka
哪裡可以搭遊覽船？

화장실은 어디 있습니까?
hwa jang si reun eo di it sseum ni kka
廁所在哪裡？

화장실을 찾고 있는데요.
hwa jang si reul chat kko in neun de yo
我在找廁所。

여기 풍경은 참 아름답습니다.
yeo gi pung gyeong eun cham a reum dap sseum ni
da
這裡的風景真美！

情境會話

A 저 건물은 뭐예요?

jeo geon mu reun mwo ye yo

B 저것은 남산타워예요. 남산타워에 오르면 도시의 전모를 볼 수 있대요.

jeo geo seun nam san ta wo ye yo nam san ta wo e o reu myeon do si ui jeon mo reul ppol su it ttae yo

A 정말요? 그럼 우린 거기로 갈까요?

jeong ma ryo geu reom u rin geo gi ro gal kka yo

B 좋아요. 저기 레스토랑에서 식사하면서 야경을 봅시다.

jo a yo jeo gi re seu to rang e seo sik ssa ha myeon seo ya gyeong eul ppop ssi da

A 가기 전에 나 먼저 화장실에 가고 싶어요.

ga gi jeo ne na meon jeo hwa jang si re ga go si peo yo

B 나도 계속 화장실을 찾고 있는데 안 보이네요.

na do gye sok hwa jang si reul chat kko in neun de an bo i ne yo

---

中 譯

Ⓐ 那個建築物是什麼？

Ⓑ 那是南山塔，聽說去南山塔可以看到都市的全貌。

Ⓐ 真的嗎？那我們去那，好嗎？

Ⓑ 好啊，我們在那裡餐廳邊吃飯邊看夜景

吧。

🅐 去之前我想去廁所，

🅑 我剛也一直在找廁所，但是沒看到。

關鍵句型

왜 ― (ㅂ)습니까?
為什麼 ―― 呢？

造　句

왜 갑니까?
wae gam ni kka
為什麼去呢？

왜 안 갑니까?
wae an gam ni kka
為什麼不去呢？

왜 없습니까?
wae eop sseum ni kka
為什麼沒有呢？

왜 중요합니까?
wae jung yo ham ni kka
為什麼重要呢？

공연 및 전시회

gong yeon mit jeon si hoe

表演及展示會

實用例句

박물관은 몇 시에 닫습니까?

bang mul gwa neun myeot si e dat sseum ni kka

博物館幾點關門？

표는 어디서 삽니까?

pyo neun eo di seo sam ni kka

在哪裡買票？

어른 둘과 아이 하나요.

eo reun dul gwa a i ha na yo

兩個大人一個小孩。

어디서 난타 공연을 볼 수 있어요?

eo di seo nan ta gong yeo neul ppol su i sseo yo

哪裡可以欣賞亂打表演？

오늘 공연은 무엇입니까?

o neul kkong yeo neun mu eo sim ni kka

今天的表演是什麼？

자리를 예약하고 싶습니다.

ja ri reul ye ya ka go sip sseum ni da

我想訂位。

바이올린 음악회를 좋아합니까?

ba i ol lin eu ma koe reul jjo a ham ni kka

你喜歡小提琴音樂會嗎?

할인 티켓은 있나요?

ha rin ti ke seun in na yo

有打折票嗎?

우린 전시회 보러 갑시다.

u rin jeon si hoe bo reo gap ssi da

我們一起去看展覽吧。

가장 유명한 미술관은 어디입니까?

ga jang yu myeong han mi sul gwa neun eo di im ni kka

最有名的美術館在哪?

이 그림은 누가 그렸어요?

i geu ri meun nu ga geu ryeo sseo yo

這幅圖是誰畫的?

情境會話

A 입장료가 얼마입니까?
ip jjang nyo ga eol ma im ni kka

B 어른이 만원이고 어린이가 8천원입니다.
eo reu ni ma nwo ni go eo ri ni ga pal cheo nwo nim
ni da

A 어른표 2장 주세요.
eo reun pyo du jang ju se yo

B 표는 여기에 있습니다.
pyo neun yeo gi e it sseum ni da

A 다음 공연은 몇 시에 시작하나요?
da eum gong yeo neun myeot si e si ja ka na yo

B 30분 후에 시작합니다.
sam sip ppun hu e si ja kam ni da

中　譯

A 入場費多少錢？
B 大人是一萬韓元，小孩子是八千韓元。
A 請給我兩張全票。
B 這是您的票。
A 下一場表演幾點開始？
B 30分鐘後開始。

關鍵句型

── 보러 갑시다.
我們去看 ── 吧。

240

불꽃놀이 보러 갑시다.
bul kkon no ri bo reo gap ssi da
我們去看煙火吧。

야구 보러 갑시다.
ya gu bo reo gap ssi da
我們去看棒球吧。

별 보러 갑시다.
byeol bo reo gap ssi da
我們去看星星吧。

벚꽃 보러 갑시다.
beot kkot bo reo gap ssi da
我們去看櫻花吧。

기념 촬영

gi nyeom chwa ryeong

拍照紀念

MP3 057

實用例句

사진 좀 찍어 주시겠습니까?
sa jin jom jji geo ju si get sseum ni kka
你可以幫我拍照嗎？

여기서는 촬영 금지입니다.
yeo gi seo neun chwa ryeong geum ji im ni da
這裡禁止攝影。

비디오 카메라를 찍을 줄 아세요?
bi di o ka me ra reul jji geul jjul a se yo
你會使用攝影機嗎？

여기서 사진 찍는 것이 허락됩니까?
yeo gi seo sa jin jjing neun geo si heo rak ttoem ni kka
這裡可以拍照嗎？

이 카메라로 사진을 좀 찍어 주시겠습니까?
i ka me ra ro sa ji neul jjom jji geo ju si get sseum ni
kka

你可以用這台相機幫我照相嗎？

사진 한 장 더 찍어 주시겠어요?

sa jin han jang deo jji geo ju si ge sseo yo

你可以再幫我拍一張嗎？

플래시를 사용해도 되나요?

peul lae si reul ssa yong hae do doe na yo

可以使用閃光燈嗎？

이 카메라는 자동초점기능이 있습니다.

i ka me ra neun ja dong cho jeom gi neung i it sseum
ni da

這台相機有自動對焦功能。

어떻게 찍어 드릴까요?

eo tteo ke jji geo deu ril kka yo

我要怎麼幫您拍？

제가 당신 사진을 찍어도 될까요?

je ga dang sin sa ji neul jji geo do doel kka yo

我可以拍你嗎？

이 근처에 사진관이 있습니까?

i geun cheo e sa jin gwa ni it sseum ni kka

這附近有照相館嗎？

情境會話

A 실례합니다. 사진 좀 찍어 주시겠습니까?
sil lye ham ni da sa jin jom jji geo ju si get sseum ni kka

B 좋죠. 이 카메라는 어떻게 사용하나요?
jo chyo i ka me ra neun eo tteo ke sa yong ha na yo

A 이 버튼을 누르기만 하면 됩니다.
i beo teu neul nu reu gi man ha myeon doem ni da

B 여기서 찍어 드릴까요?
yeo gi seo jji geo deu ril kka yo

A 저 건물을 배경으로 사진을 찍어 주세요.
jeo geon mu reul ppae gyeong eu ro sa ji neul jji geo ju se yo

B 알겠어요. 웃으세요.
al kke sseo yo u seu se yo

中　譯

A 打擾一下，可以幫我拍張照嗎？
B 可以啊！這台相機怎麼操作？
A 按下這個按鈕就可以了。
B 在這裡幫你拍照嗎？
A 請以那棟建築為背景幫我拍照。
B 了解，笑一個。

造　句

보세요.
bo se yo
請看。

들어오세요.
deu reo o se y
請進。

앉으세요.
an jeu se yo
請坐。

읽으세요.
il geu se yo
請念。

노래방 및 영화
no rae bang mit yeong hwa

KTV及電影

MP3 058

實用例句

한국 노래를 좋아합니까?
han guk no rae reul jjo a ham ni kka
你喜歡韓文歌嗎？

한국 노래를 부를 줄 알아요?
han guk no rae reul ppu reul jjul a ra yo
你會唱韓文歌嗎？

오늘 밤에 노래방에 가자!
o neul ppa me no rae bang e ga ja
我們今天晚上去KTV吧。

내가 먼저 노래를 불러요.
nae ga meon jeo no rae reul ppul leo yo
我先唱歌。

노래방 시간당은 2만원이에요.
no rae bang si gan dang eun i ma nwo ni e yo
KTV一個小時2萬韓元。

한국 영화를 보고 싶어요.
han guk yeong hwa reul ppo go si peo yo
我想看韓國電影。

영화 표 한 장 얼마입니까?
yeong hwa pyo han jang eol ma im ni kka
電影票一張多少錢？

우리는 영화관에 가고 싶어요.
u ri neun yeong hwa gwa ne ga go si peo yo
我們想去電影院。

같이 영화 보러 갈까요?
ga chi yeong hwa bo reo gal kka yo
一起去看電影，好嗎？

이 극장에서는 무슨 영화를 상영 중입니까?
i geuk jjang e seo neun mu seun yeong hwa reul
ssang yeong jung im ni kka
這家戲院正在上映什麼電影？

보고 싶은 영화 있으세요?
bo go si peun yeong hwa i sseu se yo
你有想看的電影嗎？

누가 주연입니까?
nu ga ju yeo nim ni kka

由誰主演的？

영화가 재미있었습니까?
yeong hwa ga jae mi i sseot sseum ni kka
電影好看嗎？

다음 상영 시간은 오후 3시예요.
da eum sang yeong si ga neun o hu se si ye yo
下一場上映時間是下午三點。

이 영화는 매진입니다.
i yeong hwa neun mae ji nim ni da
這部電影票賣完了。

코미디 영화를 좋아해요.
ko mi di yeong hwa reul jjo a hae yo
我喜歡喜劇電影。

무슨 영화를 볼까요?
mu seun yeong hwa reul ppol kka yo
要看什麼電影？

情境會話

A 한국 노래방은 너무 재미있어요.
han guk no rae bang eun neo mu jae mi i sseo yo

B 귀국하기 전에 시간이 괜찮으면 한 번 더 갈까요?

gwi gu ka gi jeo ne si ga ni gwaen cha neu myeon han beon deo gal kka yo

A 찬성이에요. 그럼 한국 노래를 몇 곡 준비해야 되겠네요.

chan seong i e yo geu reom han guk no rae reul myeot gok jun bi hae ya doe gen ne yo

B 지금은 어디로 갈까요?

ji geu meun eo di ro gal kka yo

A 요즘 최지우가 출연하는 영화가 있는데 보러 가고 싶어요.

yo jeum choe ji u ga chu ryeon ha neun yeong hwa ga in neun de bo reo ga go si peo yo

B 그럼 영화관으로 출발합시다.

geu reom yeong hwa gwa neu ro chul bal hap ssi da

中　譯

Ⓐ 韓國KTV很好玩耶！

Ⓑ 回國之前，如果有時間的話我們在去一次吧。

Ⓐ 贊成！那我要準備幾首韓文歌才行呢！

Ⓑ 現在我們要去哪裡？

Ⓐ 最近有崔智友主演的電影，我想去看。

Ⓑ 那我們出發去電影院吧。

關鍵句型

무슨 — 을/를 좋아해요?
你喜歡什麼 —— ？

造　句

무슨 운동을 좋아해요?
mu seun un dong eul jjo a hae yo
你喜歡什麼運動？

무슨 과목을 좋아해요?
mu seun gwa mo geul jjo a hae yo
你喜歡什麼科目？

무슨 책을 좋아해요?
mu seun chae geul jjo a hae yo
你喜歡什麼書？

무슨 영화를 좋아해요?
mu seun yeong hwa reul jjo a hae yo
你喜歡什麼電影？

第八章

긴 급 상 황
緊急情況

도움을 청할 때
do u meul cheong hal ttae

尋求幫助

實用例句

좀 도와주세요.
jom do wa ju se yo
請幫助我。

어떻게 도와 드릴까요?
eo tteo ke do wa deu ril kka yo
要怎麼幫您呢?

제가 도움 드릴게요.
je ga do um deu ril ge yo
我來幫忙。

좀 도와 주시겠습니까?
jom do wa ju si get sseum ni kka
可以幫忙嗎?

저는 도움이 필요합니다.
jeo neun do u mi pi ryo ham ni da.
我需要幫助。

뭐 좀 부탁 드려도 돼요?
mwo jom bu tak deu ryeo do dwae yo
可以拜託你幫忙嗎？

짐이 너무 무거워요. 도와 주세요.
ji mi neo mu mu geo wo yo do wa ju se yo
行李太重了，請幫我的忙。

이걸 좀 도와 주세요.
i geol jom do wa ju se yo
請幫我做這個。

짐 좀 옮겨 주시겠어요?
jim jom om gyeo ju si ge sseo yo
可以幫我搬行李嗎？

저를 꼭 좀 도와줘야 해요.
jeo reul kkok jom do wa jwo ya hae yo
你一定要幫幫我。

도와 주셔서 감사합니다.
do wa ju syeo seo gam sa ham ni da
謝謝你的幫助。

情境會話

A 실례합니다. 좀 도와 주시겠습니까?
sil lye ham ni da jom do wa ju si get sseum ni kka

B 외국분이죠? 어떻게 도와 줄까요?
oe guk ppu ni jyo eo tteo ke do wa jul kka yo

A 저와 같이 여행 온 친구가 없어졌어요. 그는
한국어를 할 줄 몰라서 걱정됩니다.
jeo wa ga chi yeo haeng on chin gu ga eop sseo jeo
sseo yo geu neun han gu geo reul hal jjul mol la seo
geok jjeong doem ni da

B 그렇군요. 이런 상황엔 여기의 안내 방송을
부탁하는 게 좋습니다.
geu reo ku nyo i reon sang hwang en yeo gi ui an nae
bang song eul ppu ta ka neun ge jo sseum ni da

中　譯

A 打擾一下，可以幫個忙嗎？
B 您是外國人吧？怎麼幫您呢？
A 和我一起來旅行的朋友不見了，因為他不
會講韓語所以我很擔心。
B 原來如此，這種狀況最好是請這裡的廣播
處協助。

關鍵句型

제가 ── ㄹ(을)게요.
我來 ── 。

제가 살게요.
je ga sal kke yo
我來買。

제가 도와줄게요.
je ga do wa jul ge yo
我來幫你。

제가 읽을게요.
je ga il geul kke yo
我來念。

제가 찾을게요.
je ga cha jeul kke yo
我來找。

말이 통하지 않을 때

ma ri tong ha ji a neul ttae

語言不通

MP3 060

實用例句

아? 뭐라고요?

a mwo ra go yo

啊？你說什麼？

방금 말씀하신 거 잘 알아듣지 못하겠습니
다.

bang geum mal sseum ha sin geo jal a ra deut jji mo
ta get sseum ni da

您剛才說的我聽不太懂。

좀 천천히 말씀해 주십시오.

jom cheon cheon hi mal sseum hae ju sip ssi o

請你慢慢說。

통역을 부탁하고 싶은데요.

tong yeo geul ppu ta ka go si peun de yo

我想請你翻譯給我聽。

그건 무슨 뜻입니까?

geu geon mu seun tteu sim ni kka

那是什麼意思？

말이 너무 빨라서 알아들을 수 없어요.

ma ri neo mu ppal la seo a ra deu reul ssu eop sseo
yo

你說得太快，我聽不懂。

듣기는 하지만 말은 잘 못해요.

deut kki neun ha ji man ma reun jal mo tae yo

聽得懂但不太會講。

영어는 압니까?

yeong eo neun am ni kka?

你會講英語嗎？

한국어는 하지 못합니다.

han gu geo neun ha ji mo tam ni da

我不會說韓語。

다시 한번 말해 주시겠어요?

da si han beon mal hae ju si ge sseo yo

你可以再說一次嗎？

제 말을 알아들으셨나요?

je ma reul a ra deu reu syeon na yo

您聽得懂我說的話嗎？

여기에 써 주시겠습니까?

yeo gi e sseo ju si get sseum ni kka

您可以寫在這裡嗎？

중국어판은 있습니까?

jung gu geo pa neun it sseum ni kka

有中文版的嗎？

중국어를 하는 분은 없습니까?

jung gu geo reul ha neun bu neun eop sseum ni kka

沒有會講中文的人嗎？

더 자세히 말씀해 주시겠어요?

deo ja se hi mal sseum hae ju si ge sseo yo

你可以再講仔細一點嗎？

큰 소리로 얘기해 주세요.

keun so ri ro yae gi hae ju se yo

請講大聲一點。

뭐라고요? 다시 말해줘요.

mwo ra go yo da si mal hae jjwo yo

什麼？你再說一遍。

情境會話

A 말씀 좀 여쭙겠습니다.
mal sseum jom yeo jjup kket sseum ni da

B 네, 말씀해 주세요.
ne mal sseum hae ju se yo

A 이 근처에 서점이 있습니까?
i geun cheo e seo jeo mi it sseum ni kka

B 있는데 걸어서 가면 좀 멀어요. 버스를 타는 게 좋을 것 같아요.
in neun de geo reo seo ga myeon jom meo reo yo
beo seu reul ta neun ge jo eul kkeot ga ta yo

A 죄송하지만 잘 알아들을 수 없어요. 영어로 말씀해 주시겠어요?
joe song ha ji man jal a ra deu reul ssu eop sseo yo
yeong eo ro mal sseum hae ju si ge sseo yo

中　譯

A 請問一下。

B 好的，請說。

A 這附近有書局嗎？

B 有是有，但是用走得去有點遠。搭公車去比較好。

A 對不起，我聽不太懂，您可以用英文說嗎？

關鍵句型

— 말씀해 주시겠어요?
您可以 —— 說嗎?

造 句

큰 소리로 말씀해 주시겠어요?
keun so ri ro mal sseum hae ju si ge sseo yo
您可以大聲說嗎?

다시 한 번 말씀해 주시겠어요?
da si han beon mal sseum hae ju si ge sseo yo
您可以再說一次嗎?

천천히 말씀해 주시겠어요?
cheon cheon hi mal sseum hae ju si ge sseo yo
您可以慢慢說嗎?

그 이유를 말씀해 주시겠어요?
geu i yu reul mal sseum hae ju si ge sseo yo
您可以說說那個理由嗎?

분실/도난/사고

bun sil do nan sa go

遺失/失竊/事故

061

實用例句

누가 제 지갑을 훔쳐갔습니다.

nu ga je ji ga beul hum cheo gat sseum ni da

有人把我的皮夾偷走了。

경찰을 불러 주세요!

gyeong cha reul ppul leo ju se yo

請幫我叫警察。

누구 없어요? 도와 주세요.

nu gu eop sseo yo do wa ju se yo

有人嗎？幫幫我。

도난신고를 하겠습니다.

do nan sin go reul ha get sseum ni da

我要申請失竊申報。

분실물보관서가 어디에 있습니까?

bun sil mul bo gwan seo ga eo di e it sseum ni kka

遺失物保管處在哪裡？

불이야!
bu ri ya
失火啦！

구급차가 금방 도착할 겁니다.
gu geup cha ga geum bang do cha kal kkeom ni da
救護車馬上就會到。

차가 다 망가졌습니다.
cha ga da mang ga jeot sseum ni da
車子壞掉了。

교통사고가 났어요.
gyo tong sa go ga na sseo yo
發生車禍了。

분실물 신고 창구는 어디에 있습니까?
bun sil mul sin go chang gu neun eo di e it sseum ni
kka
遺失物申報窗口在哪裡？

어디서 잃어버렸는지 모르겠어요.
eo di seo i reo beo ryeon neun ji mo reu ge sseo yo
我不知道在哪裡弄丟的。

여권을 재발급해 주세요.
yeo gwo neul jjae bal kkeu pae ju se yo

請補發護照給我。

대만 대사관에 연락해 주세요.
dae man dae sa gwa ne yeol la kae ju se yo
請幫我連絡台灣大使館。

제 친구가 차에 치였어요.
je chin gu ga cha e chi yeo sseo yo
我朋友被車撞了。

저야말로 피해자입니다.
jeo ya mal lo pi hae ja im ni da
我才是受害者。

전 다쳤습니다.
jeon da cheot sseum ni da
我受傷了。

발을 움직이지 못합니다.
ba reul um ji gi ji mo tam ni da
我的腳沒辦法動。

소매치기야!
so mae chi gi ya
有扒手啊！

버스를 잘못 탔어요.

beo seu reul jjal mot ta sseo yo
我搭錯公車了。

제 차는 고장났습니다.
je cha neun go jang nat sseum ni da
我的車子故障了。

카드를 정지시켜주세요.
ka deu reul jjeong ji si kyeo ju se yo
請幫我把信用卡停掉。

대만행 비행기를 놓쳤어요.
dae man haeng bi haeng gi reul not cheo sseo yo
我錯過飛回台灣的班機了。

앞 타이어가 펑크났네요.
ap ta i eo ga peong keu nan ne yo
前面的輪胎爆胎了耶！

情境會話

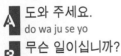

A 도와 주세요.
do wa ju se yo

B 무슨 일이십니까?
mu seun i ri sim ni kka

A 핸드폰과 여권을 잃어버렸습니다. 어떻게 하면 좋을까요?

haen deu pon gwa yeo gwo neul i reo beo ryeot sseum ni da eo tteo ke ha myeon jo eul kka yo

B 먼저 경찰서에 신고하세요.

meon jeo gyeong chal sseo e sin go ha se yo

A 경찰서는 이 근처에 있습니까?

gyeong chal sseo neun i geun cheo e it sseum ni kka

B 제가 경찰서에 안내해 드릴게요.

je ga gyeong chal sseo e an nae hae deu ril ge yo

中　譯

Ⓐ 請幫幫我。
Ⓑ 什麼事情呢？
Ⓐ 我把手機和護照弄丟了，該怎辦才好？
Ⓑ 你先去警察局申報吧。
Ⓐ 警察局這附近有嗎？
Ⓑ 我帶你去警察局。

關鍵句型

— 이/가 났어요.
發生 —— 了。

造　句

불이 났어요.
bu ri na sseo yo
發生火災了。

지진이 났어요.
ji ji ni na sseo yo
發生地震了。

화가 났어요.
hwa ga na sseo yo
生氣了。

교통사고가 났어요.
gyo tong sa go ga na sseo yo
發生車禍了。

몸이 아플 때

mo mi a peul ttae

身體不適

062

實用例句

병원에 어떻게 갑니까?

byeong wo ne eo tteo ke gam ni kka

醫院要怎麼去？

구급차를 불러 주세요.

gu geup cha reul ppul leo ju se yo

請幫我叫救護車。

누가 의사 좀 불러 주세요.

nu ga ui sa jom bul leo ju se yo

有誰幫我請醫生過來。

어디가 아프십니까?

eo di ga a peu sim ni kka

你哪裡不舒服？

여기가 아파요.

yeo gi ga a pa yo

我這裡會痛。

당신 괜찮아요?

dang sin gwaen cha na yo

你還好嗎？

머리가 아파요.

meo ri ga a pa yo

我頭痛。

배가 아픕니다.

bae ga a peum ni da

我肚子痛。

코피가 나요.

ko pi ga na yo

我會流鼻血。

코 막혔어요.

ko ma kyeo sseo yo

我鼻塞了。

구역질이 나요.

gu yeok jji ri na yo

我會吐。

목이 쉬었어요.

mo gi swi eo sseo yo

喉嚨啞了。

식욕이 없어요.
si gyo gi eop sseo yo
沒有食慾。

변비가 있어요.
byeon bi ga i sseo yo
會便秘。

열이 있고 기침이 납니다.
yeo ri it kko gi chi mi nam ni da
發燒又咳嗽。

기운이 없어요.
gi u ni eop sseo yo
沒力氣。

안색이 좋지 않군요.
an sae gi jo chi an ku nyo
你臉色不好耶！

다리를 다쳤어요.
da ri reul tta cheo sseo yo
腿受傷了。

충분한 휴식을 취하십시오.
chung bun han hyu si geul chwi ha sip ssi o
請多休息。

언제쯤 나을 수 있을까요?
eon je jjeum na eul ssu i sseul kka yo
什麼時候才會好啊？

물을 많이 마시도록 하세요.
mu reul ma ni ma si do rok ha se yo
盡量多喝水。

저를 병원에 좀 데려가 주세요.
jeo reul ppyeong wo ne jom de ryeo ga ju se yo
請帶我到醫院去。

다친 사람이 있어요.
da chin sa ra mi i sseo yo
有人受傷。

情境會話

 어디가 아프세요?
eo di ga a peu se yo

 열이 좀 있어요.
yeo ri jom i sseo yo

 또 다른 증상이 있습니까?
tto da reun jeung sang i it sseum ni kka

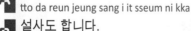 설사도 합니다.
seol sa do ham ni da

270

A 식욕은 어떠세요?
si gyo geun eo tteo se yo

B 어제부터 별로 먹고 싶은 생각이 없어요.
eo je bu teo byeol lo meok kko si peun saeng ga gi
eop sseo yo

中　譯

Ⓐ 你哪裡不舒服？
Ⓑ 我有點發燒。
Ⓐ 還有其他症狀嗎？
Ⓑ 也會拉肚子。
Ⓐ 食慾如何？
Ⓑ 從昨天開始就不太想吃東西。

關鍵句型

— 이/가 아프십니까?
您 —— 不舒服嗎？

造　句

등이 아프십니까?
deung i a peu sim ni kka
您背不舒服嗎？

무릎이 아프십니까?
mu reu pi a peu sim ni kka
您膝蓋不舒服嗎？

배가 아프십니까?
bae ga a peu sim ni kka
您肚子不舒服嗎？

머리가 아프십니까?
meo ri ga a peu sim ni kka
您頭不舒服嗎？

약국에서
yak kku ge seo

藥局

實用例句

이 근처에 약국이 있나요?
i geun cheo e yak kku gi in na yo

這附近有藥局嗎？

이 약은 몇 시간마다 먹어야 합니까?
i ya geun myeot si gan ma da meo geo ya ham ni kka

這個藥幾個小時要吃一次？

약은 먹었어요?
ya geun meo geo sseo yo

你吃藥了嗎？

두통약을 사고 싶어요.
du tong ya geul ssa go si peo yo

我想買頭痛的藥。

아스피린 좀 주시겠어요?
a seu pi rin jom ju si ge sseo yo

請給我阿斯匹林。

진통제는 어느 것입니까?
jin tong je neun eo neu geo sim ni kka
止痛藥是哪一個？

부작용은 없나요?
bu ja gyong eun eom na yo
沒有副作用嗎？

감기약을 주시겠어요?
gam gi ya geul jju si ge sseo yo
請給我感冒藥。

이 처방전대로 약을 지어 주세요.
i cheo bang jeon dae ro ya geul jji eo ju se yo
請依照這個處方籤配藥給我。

멀미약 좀 주시겠어요?
meol mi yak jom ju si ge sseo yo
可以給我一點暈車藥嗎？

감기에 좋은 약이 있어요?
gam gi e jo eun ya gi i sseo yo
有治感冒效果很好的藥嗎？

연고를 주세요.
yeon go reul jju se yo
請給我藥膏。

반창고를 주세요.
ban chang go reul jju se yo
給我ＯＫ繃。

파스를 주십시오.
pa seu reul jju sip ssi o
我要買貼布。

붕대와 탈지면을 주세요.
bung dae wa tal jji myeo neul jju se yo
請給我繃帶和脫脂棉。

거즈와 고약을 주세요.
geo jeu wa go ya geul jju se yo
請給我紗布和藥膏。

한 번에 몇 알씩 먹어야 하나요?
han beo ne myeot al ssik meo geo ya ha na yo
我一次要吃幾粒？

情境會話

A 처방전 가져 오셨습니까?
cheo bang jeon ga jeo o syeot sseum ni kka

B 예, 여기 있습니다.
ye yeo gi it sseum ni da

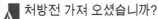

A 약 알레르기가 있습니까?
yak al le reu gi ga it sseum ni kka

B 아니오, 없어요.
a ni o eop sseo yo

A 이 약은 1일 3회, 식후에 복용하세요.
i ya geun i ril sam hoe si ku e bo gyong ha se yo

B 알겠습니다. 고맙습니다.
al kket sseum ni da go map sseum ni da

中　譯

A 您有帶處方籤嗎？
B 有，在這裡。
A 您對藥過敏嗎？
B 不，沒有。
A 這個藥一天三次餐後服用。
B 好的，謝謝。

關鍵句型

── 에 좋은 음식은 뭐가 있어요?
對（治）── 不錯的食物有什麼？

造　句

몸에 좋은 음식은 뭐가 있어요?
mo me jo eun eum si geun mwo ga i sseo yo

對身體不錯的食物有什麼？

감기에 좋은 음식은 뭐가 있어요?
gam gi e jo eun eum si geun mwo ga i sseo yo
對治感冒不錯的食物有什麼？

변비에 좋은 음식은 뭐가 있어요?
byeon bi e jo eun eum si geun mwo ga i sseo yo
對治便秘不錯的食物有什麼？

고혈압에 좋은 음식은 뭐가 있어요?
go hyeo ra be jo eun eum si geun mwo ga i sseo yo
對治高血壓不錯的食物有什麼？

隨身筆記

NOTE BOOK

第九章

기본 회화
基本會話

인사말
問候

 064

안녕하세요.
an nyeong ha se yo
你好。

좋은 아침입니다.
jo eun a chi mim ni da
早安。

어디 가세요?
eo di ga se yo
你要去哪呢？

안녕히 가세요.
an nyeong hi ga se yo
再見。（向離開要走的人）

안녕히 계세요.
an nyeong hi gye se yo
再見。（向留在原地的人）

다음에 뵙겠습니다.
da eu me boep kket sseum ni da

下次見。

오늘 바쁘세요?
o neul ppa ppeu se yo
今天忙嗎？

나중에 봐요.
na jung e bwa yo
改天見。

잘 지내세요.
jal jji nae se yo
保重。

살펴 가십시오.
sal pyeo ga sip ssi o
請慢走。

처음 뵙겠습니다.
cheo eum boep kket sseum ni da
初次見面。

만나서 반갑습니다.
man na seo ban gap sseum ni da
很高興見到您。

앞으로 잘 부탁드립니다.

a peu ro jal ppu tak tteu rim ni da
往後請多多指教。

정말 오래간만이에요. 잘 지내세요?
jeong mal o rae gan ma ni e yo jal jji nae se yo
真的好久不見，你過得好嗎？

다시 만나서 정말 반가워요.
da si man na seo jeong mal ppan ga wo yo
真的很高興再見到你。

요즘 어떻게 지내고 계세요?
yo jeum eo tteo ke ji nae go gye se yo
您最近過得怎麼樣？

저는 잘 지냈어요.
jeo neun jal jji nae sseo yo
我過得很好。

덕분에 잘 지냈어요.
deok ppu ne jal jji nae sseo yo
託您的福，我過得很好。

간단한 자기소개 부탁드려요.
gan dan han ja gi so gae bu tak tteu ryeo yo
麻煩你做簡單的自我介紹。

보고 싶었어요.
bo go si peo sseo yo
很想念你。

부모님이 건강하세요?
bu mo ni mi geon gang ha se yo
父母親還健康嗎？

안녕히 주무세요.
an nyeong hi ju mu se yo
晚安。

잘 잤어요?
jal jja sseo yo
睡得好嗎？

그에게 안부 전해 주세요.
geu e ge an bu jeon hae ju se yo
請替我向他問好。

자기 소개
自我介紹

MP3 065

저는 대만 사람입니다.
jeo neun dae man sa ra mim ni da
我是台灣人。

저는 한국에서 왔어요.
jeo neun han gu ge seo wa sseo yo
我從韓國來的。

앞으로 많이 도와 주십시오.
a peu ro ma ni do wa ju sip ssi o
往後請多幫助。

가족은 몇 분이나 됩니까?
ga jo geun myeot bu ni na doem ni kka
你家有幾個人？

형제가 몇이나 됩니까?
hyeong je ga myeo chi na doem ni kka
你有幾個兄弟姊妹？

집이 어디에 있습니까?
ji bi eo di e it sseum ni kka

你家在哪裡？

처음 뵙겠습니다. 말씀 많이 들었습니다.

cheo eum boep kket sseum ni da mal sseum ma ni

deu reot sseum ni da

初次見面，久仰大名。

저는 진숙미라고 합니다.

jeo neun jin sung mi ra go ham ni da

我名叫陳淑美。

한국에 온 지 한 달이 되었습니다.

han gu ge on ji han da ri doe eot sseum ni da

我來韓國已經一個月了。

저는 일하러 여기에 왔습니다.

jeo neun il ha reo yeo gi e wat sseum ni da

我來這裡工作的。

저는 놀러 여기에 왔습니다.

jeo neun nol leo yeo gi e wat sseum ni da

我來這裡玩的。

제가 두 분을 소개하겠습니다.

je ga du bu neul sso gae ha get sseum ni da

我來介紹兩位。

감사 및 사과
道謝與道歉

 066

고맙습니다.
go map sseum ni da
謝謝你。

대단히 감사합니다.
dae dan hi gam sa ham ni da
非常謝謝你。

이렇게 도와줘서 감사합니다.
i reo ke do wa jwo seo gam sa ham ni da
謝謝你這樣幫我。

천만에요.
cheon ma ne yo
不客氣。

미안합니다.
mi an ham ni da
對不起。

정말 죄송합니다.
jeong mal jjoe song ham ni da

真的很抱歉。

대단히 죄송합니다.
dae dan hi joe song ham ni da
非常抱歉。

아까는 실례가 많았습니다. 죄송합니다.
a kka neun sil lye ga ma nat sseum ni da joe song ham
ni da
剛才失禮了，對不起。

용서해 주세요.
yong seo hae ju se yo
原諒我吧！

괜찮아요.
gwaen cha na yo
沒關係。

신경 쓰지 마세요.
sin gyeong sseu ji ma se yo
別放在心上。

사과할게요.
sa gwa hal kke yo
我向你道歉。

날씨
天氣

MP3 067

내일 날씨가 어떨까요?
nae il nal ssi kka eo tteol kka yo
明天天氣怎麼樣？

오늘 날씨가 정말 좋죠?
o neul nal ssi kka jeong mal jjo chyo
今天天氣很好，對吧？

날씨가 그리 좋지 않아요.
nal ssi kka geu ri jo chi a na yo
天氣不太好。

바깥은 아주 덥습니다.
ba kka teun a ju deop sseum ni da
外面很熱。

날씨가 건조해요.
nal ssi kka geon jo hae yo
天氣很乾燥。

지금은 비가 오고 있어요.
ji geu meun bi ga o go i sseo yo
現在在下雨。

시간
時間

지금 몇 시입니까?
ji geum myeot si im ni kka
現在幾點？

- - - - - - - - - - - - - - - - - - - -

지금은 밤 10시입니다.
ji geu meun bam yeol si im ni da
現在是晚上10點。

- - - - - - - - - - - - - - - - - - - -

오전 8시35분입니다.
o jeon yeo deop ssi sam si bo bu nim ni da
上午8點35分。

- - - - - - - - - - - - - - - - - - - -

3시를 지났습니다.
se si reul jji nat sseum ni da
過了三點。

- - - - - - - - - - - - - - - - - - - -

오늘은 몇 월 며칠입니까?
o neu reun myeot wol myeo chi rim ni kka
今天幾月幾號？

- - - - - - - - - - - - - - - - - - - -

오늘은 2월 15일입니다.
o neu reun i wol si bo i rim ni da
今天2月15號。

오늘 무슨 요일입니까?
o neul mu seun yo i rim ni kka
今天星期幾？

오늘은 토요일입니다.
o neu reun to yo i rim ni da
今天是星期六。

정오가 되었네요.
jeong o ga doe eon ne yo
正午到了。

올해는 2012년입니다.
ol hae neun i cheon si bi nyeo nim ni da
今年是2012年。

몇 시에 저녁을 먹습니까?
myeot si e jeo nyeo geul meok sseum ni kka
幾點吃晚餐？

시간을 얼마나 걸려요?
si ga neul eol ma na geol lyeo yo
要花多少時間？

第十章

여행　필수　단어
旅遊必備單字

KOREA
Have a

기내
機艙

MP3 069

조종사	拼音 jo jong sa	中譯 飛機駕駛員
기장	拼音 gi jang	中譯 機長
여승무원	拼音 yeo seung mu won	中譯 空姐
비행 시간	拼音 bi haeng si gan	中譯 飛行時間
승객	拼音 seung gaek	中譯 乘客
창문	拼音 chang mun	中譯 窗口
통로	拼音 tong no	中譯 走道
자리	拼音 ja ri	中譯 座位
이어폰	拼音 i eo pon	中譯 耳機
안전벨트	拼音 an jeon bel teu	中譯 安全帶
풀다	拼音 pul da	中譯 解開

매다	拼音 mae da
	中譯 繫上

인천국제공항
仁川國際機場

여권	拼音 yeo gwon
	中譯 護照

비자	拼音 bi ja
	中譯 簽證

국적	拼音 guk jjeok
	中譯 國籍

체류 시간	拼音 che ryu si gan
	中譯 滯留時間

짐	拼音 jim
	中譯 行李

수하물	拼音 su ha mul
	中譯 手提行李

수하물 벨트	拼音 su ha mul bel teu
	中譯 行李輸送帶

세관원	拼音 se gwa nwon
	中譯 海關人員

신고하다	拼音 sin go ha da
	中譯 申報

안내소	拼音 an nae so
	中譯 詢問處
전국지도	拼音 jeon guk jji do
	中譯 全國地圖
항공회사	拼音 hang gong hoe sa
	中譯 航空公司
항공 버스	拼音 hang gong beo seu
	中譯 機場巴士

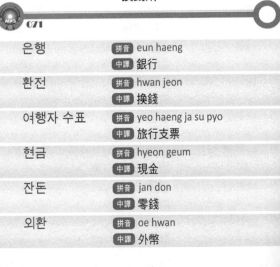

환전소
換錢所

MP3 071

은행	拼音 eun haeng
	中譯 銀行
환전	拼音 hwan jeon
	中譯 換錢
여행자 수표	拼音 yeo haeng ja su pyo
	中譯 旅行支票
현금	拼音 hyeon geum
	中譯 現金
잔돈	拼音 jan don
	中譯 零錢
외환	拼音 oe hwan
	中譯 外幣

환율	拼音 hwa nyul
	中譯 匯率
한화	拼音 han hwa
	中譯 韓幣
달러	拼音 dal leo
	中譯 美金
엔화	拼音 en hwa
	中譯 日幣
대만돈	拼音 dae man don
	中譯 台幣
인민폐	拼音 in min pye
	中譯 人民幣

머물 곳
住宿

072 MP3

호텔	拼音 ho tel
	中譯 飯店
모텔	拼音 mo tel
	中譯 汽車旅館
여관	拼音 yeo gwan
	中譯 旅館
민박	拼音 min bak
	中譯 民宿

| 방 | 拼音 bang |
| | 中譯 房間 |

| 빈 방 | 拼音 bin bang |
| | 中譯 空房 |

| 객실 | 拼音 gaek ssil |
| | 中譯 客房 |

| 더블 룸 | 拼音 deo beul lum |
| | 中譯 雙人房 |

| 싱글 룸 | 拼音 sing geul rum |
| | 中譯 單人房 |

| 지배인 | 拼音 ji bae in |
| | 中譯 經理 |

| 체크인 | 拼音 che keu in |
| | 中譯 入住手續 |

| 체크아웃 | 拼音 che keu a ut |
| | 中譯 退房手續 |

호텔 시설
飯店設施

MP3 073

| 대문 | 拼音 dae mun |
| | 中譯 大門 |

| 로비 | 拼音 ro bi |
| | 中譯 大廳 |

계단	拼音 gye dan
	中譯 樓梯
엘리베이터	拼音 el li be i teo
	中譯 電梯
커피숍	拼音 keo pi syop
	中譯 咖啡廳
레스토랑	拼音 re seu to rang
	中譯 餐廳
연회장	拼音 yeon hoe jang
	中譯 宴會廳
노래방	拼音 no rae bang
	中譯 卡拉OK包廂
헬스클럽	拼音 hel seu keul leop
	中譯 健身房
바	拼音 ba
	中譯 酒吧
수영장	拼音 su yeong jang
	中譯 游泳池
사우나	拼音 sa u na
	中譯 桑拿浴

호텔 방
飯店房間

074

침대	拼音 chim dae
	中譯 床
침대 시트	拼音 chim dae si teu
	中譯 床單
이불	拼音 i bul
	中譯 棉被
베개	拼音 be gae
	中譯 枕頭
텔레비전	拼音 tel le bi jeon
	中譯 電視
전화기	拼音 jeon hwa gi
	中譯 電話
비누	拼音 bi nu
	中譯 肥皂
칫솔	拼音 chit ssol
	中譯 牙刷
치약	拼音 chi yak
	中譯 牙膏
타월	拼音 ta wol
	中譯 毛巾
샤워기	拼音 sya wo gi
	中譯 淋浴器
휴지	拼音 hyu ji
	中譯 衛生紙

운전
開車

075

렌터카	拼音 ren teo ka
	中譯 租車
주유소	拼音 ju yu so
	中譯 加油站
운전하다	拼音 un jeon ha da
	中譯 開車／駕駛
도로	拼音 do ro
	中譯 道路
횡단 보도	拼音 hoeng dan bo do
	中譯 人行橫道
행인	拼音 haeng in
	中譯 行人
주차장	拼音 ju cha jang
	中譯 停車場
번호판	拼音 beon ho pan
	中譯 車牌
교통사고	拼音 gyo tong sa go
	中譯 車禍
안전 벨트	拼音 an jeon bel teu
	中譯 安全帶
전진하다	拼音 jeon jin ha da
	中譯 前進

후진하다　拼音 hu jin ha da
　　　　　中譯 後退

대중교통
大眾運輸

지하철　拼音 ji ha cheol
　　　　中譯 地鐵

지하철 역　拼音 ji ha cheol yeok
　　　　　中譯 地鐵站

지하철 노선표　拼音 ji ha cheol no seon pyo
　　　　　　　中譯 地鐵路線圖

~ 호선　拼音 ho seon
　　　　中譯 ～號線

교통카드　拼音 gyo tong ka deu
　　　　　中譯 交通卡（T-money）

환승역　拼音 hwan seung yeok
　　　　中譯 換乘站

버스　拼音 beo seu
　　　中譯 公車

운전기사　拼音 un jeon gi sa
　　　　　中譯 司機

승객　拼音 seung gaek
　　　中譯 乘客

버스터미널	拼音 beo seu teo mi neol
	中譯 公車總站
하차벨	拼音 ha cha bel
	中譯 下車鈴
손잡이	拼音 son ja bi
	中譯 手拉環
기차역	拼音 gi cha yeok
	中譯 火車站
왕복표	拼音 wang bok pyo
	中譯 來回票
편도표	拼音 pyeon do pyo
	中譯 單程票
매표소	拼音 mae pyo so
	中譯 售票處
매표원	拼音 mae pyo won
	中譯 售票員
시각표	拼音 si gak pyo
	中譯 時刻表
택시	拼音 taek ssi
	中譯 計程車
트렁크	拼音 teu reong keu
	中譯 後車廂
일반 택시	拼音 il ban taek ssi
	中譯 普通計程車
모범 택시	拼音 mo beom taek ssi
	中譯 模範計程車

주소	拼音 ju so
	中譯 地址
기본 요금	拼音 gi bon yo geum
	中譯 基本費用

여행
旅遊

MP3 **077**

여행하다	拼音 yeo haeng ha da
	中譯 旅行
관광하다	拼音 gwan gwang ha da
	中譯 觀光
유람하다	拼音 yu ram ha da
	中譯 遊覽
해외 여행	拼音 hae oe yeo haeng
	中譯 海外旅行
국내 여행	拼音 gung nae yeo haeng
	中譯 國內旅遊
여행사	拼音 yeo haeng sa
	中譯 旅行社
반일 투어	拼音 ba nil tu eo
	中譯 半日遊
일일 투어	拼音 i ril tu eo
	中譯 一日遊

시내	拼音 si nae
	中譯 市區
교외	拼音 gyo oe
	中譯 郊區
출발 시간	拼音 chul bal ssi gan
	中譯 出發時間
집합 시간	拼音 ji pap si gan
	中譯 集合時間

고유어 숫자
純韓文數字

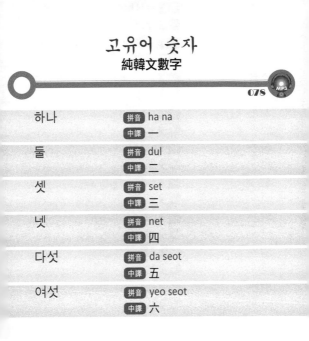

하나	拼音 ha na
	中譯 一
둘	拼音 dul
	中譯 二
셋	拼音 set
	中譯 三
넷	拼音 net
	中譯 四
다섯	拼音 da seot
	中譯 五
여섯	拼音 yeo seot
	中譯 六

일곱	拼音 il gop
	中譯 七
여덟	拼音 yeo deol
	中譯 八
아홉	拼音 a hop
	中譯 九
열	拼音 yeol
	中譯 十
열한	拼音 yeol han
	中譯 十一
열두	拼音 yeol du
	中譯 十二
스물	拼音 seu mul
	中譯 二十
서른	拼音 seo reun
	中譯 三十
마흔	拼音 ma heun
	中譯 四十
쉰	拼音 swin
	中譯 五十
예순	拼音 ye sun
	中譯 六十
일흔	拼音 il heun
	中譯 七十
여든	拼音 yeo deun
	中譯 八十

아흔	拼音 a heun
	中譯 九十
아흔아홉	拼音 a heu na hop
	中譯 九十九

한자어 숫자
漢字語數字

079 MP3

일	拼音 il
	中譯 一
이	拼音 i
	中譯 二
삼	拼音 sam
	中譯 三
사	拼音 sa
	中譯 四
오	拼音 o
	中譯 五
육	拼音 yuk
	中譯 六
칠	拼音 chil
	中譯 七
팔	拼音 pal
	中譯 八

구	拼音 gu
	中譯 九
십	拼音 sip
	中譯 十
백	拼音 baek
	中譯 百
천	拼音 cheon
	中譯 千
만	拼音 man
	中譯 萬
십만	拼音 sim man
	中譯 十萬
백만	拼音 baeng man
	中譯 百萬
천만	拼音 cheon man
	中譯 千萬
억	拼音 eok
	中譯 億
조	拼音 jo
	中譯 兆
공	拼音 gong
	中譯 零
제로	拼音 je ro
	中譯 零

양사
量詞

갑	拼音 gap
	中譯 盒
개	拼音 gae
	中譯 個
살	拼音 sal
	中譯 歲
권	拼音 gwon
	中譯 本
분/명	拼音 bun/myeong
	中譯 位／～個人
번	拼音 beon
	中譯 次
그램	拼音 geu raem
	中譯 克
근	拼音 geun
	中譯 斤
다발	拼音 da bal
	中譯 束
자루	拼音 ja ru
	中譯 枝
켤레	拼音 kyeol le
	中譯 雙（鞋子／襪子）

벌	拼音 beol
	中譯 件、套
병	拼音 byeong
	中譯 瓶
송이	拼音 song i
	中譯 朵
시간	拼音 si gan
	中譯 鐘頭
잔	拼音 jan
	中譯 杯
컵	拼音 keop
	中譯 杯
장	拼音 jang
	中譯 張
대	拼音 dae
	中譯 台
그릇	拼音 geu reut
	中譯 碗
박스	拼音 bak sseu
	中譯 箱
마리	拼音 ma ri
	中譯 ～頭／～隻
쌍	拼音 ssang
	中譯 對／雙／副
봉지	拼音 bong ji
	中譯 袋／包

단위
單位

| 길이 | 拼音 gi ri |
| | 中譯 長度 |

| 높이 | 拼音 no pi |
| | 中譯 高度 |

| 깊이 | 拼音 gi pi |
| | 中譯 深度 |

| 폭 | 拼音 pok |
| | 中譯 寬度 |

| 무게 | 拼音 mu ge |
| | 中譯 重量 |

| 크기 | 拼音 keu gi |
| | 中譯 大小 |

| 면적 | 拼音 myeon jeok |
| | 中譯 面積 |

| 체적 | 拼音 che jeok |
| | 中譯 體積 |

| 용적 | 拼音 yong jeok |
| | 中譯 容積 |

| 그램 | 拼音 geu raem |
| | 中譯 克 |

| 센티미터 | 拼音 sen ti mi teo |
| | 中譯 公分 |

킬로그램	拼音 kil lo geu raem
	中譯 公斤
밀리미터	拼音 mil li mi teo
	中譯 毫米
밀리그램	拼音 mil li geu raem
	中譯 毫克
리터	拼音 ri teo
	中譯 升
미터	拼音 mi teo
	中譯 公尺
킬로미터	拼音 kil lo mi teo
	中譯 公里
야드	拼音 ya deu
	中譯 碼
피트	拼音 pi teu
	中譯 英尺
인치	拼音 in chi
	中譯 英寸
평방미터	拼音 pyeong bang mi teo
	中譯 平方公尺
평방 킬로미터	拼音 pyeong bang kil lo mi teo
	中譯 平方公里
밀리리터	拼音 mil li ri teo
	中譯 毫升
킬로리터	拼音 kil lo ri teo
	中譯 千升

년/월/일
年/月/日

082 MP3

작년	拼音 jang nyeon
	中譯 去年
재작년	拼音 jae jang nyeon
	中譯 前年
올해	拼音 ol hae
	中譯 今年
내년	拼音 nae nyeon
	中譯 明年
내후년	拼音 nae hu nyeon
	中譯 後年
매년	拼音 mae nyeon
	中譯 每年
일년	拼音 il lyeon
	中譯 一年
이번 달	拼音 i beon dal
	中譯 這個月
지난 달	拼音 ji nan dal
	中譯 上個月
지지난 달	拼音 ji ji nan dal
	中譯 上上個月
다음 달	拼音 da eum dal
	中譯 下個月

다다음 달	拼音 da da eum dal
	中譯 下下個月
한달	拼音 han dal
	中譯 一個月
매월	拼音 mae wol
	中譯 每月
오늘	拼音 o neul
	中譯 今天
어제	拼音 eo je
	中譯 昨天
내일	拼音 nae il
	中譯 明天
그제	拼音 geu je
	中譯 前天
모레	拼音 mo re
	中譯 後天
글피	拼音 geul pi
	中譯 大後天
매일	拼音 mae il
	中譯 每天
하루종일	拼音 ha ru jong il
	中譯 一整天

요일
星期

월요일	拼音 wo ryo il
	中譯 星期一
화요일	拼音 hwa yo il
	中譯 星期二
수요일	拼音 su yo il
	中譯 星期三
목요일	拼音 mo gyo il
	中譯 星期四
금요일	拼音 geu myo il
	中譯 星期五
토요일	拼音 to yo il
	中譯 星期六
일요일	拼音 i ryo il
	中譯 星期日
이번 주	拼音 i beon ju
	中譯 這星期
지난 주	拼音 ji nan ju
	中譯 上星期
다음 주	拼音 da eum ju
	中譯 下星期
지지난 주	拼音 ji ji nan ju
	中譯 上上星期
다다음 주	拼音 da da eum ju
	中譯 下下星期

시간 구분
時間的劃分

| 새벽 | 拼音 sae byeok |
| | 中譯 清晨 |

| 아침 | 拼音 a chim |
| | 中譯 早上 |

| 오전 | 拼音 o jeon |
| | 中譯 上午 |

| 정오 | 拼音 jeong o |
| | 中譯 中午 |

| 오후 | 拼音 o hu |
| | 中譯 下午 |

| 저녁 | 拼音 jeo nyeok |
| | 中譯 傍晚 |

| 심야 | 拼音 si mya |
| | 中譯 半夜 |

| 한밤중 | 拼音 han bam jung |
| | 中譯 午夜 |

| 낮 | 拼音 nat |
| | 中譯 白天 |

| 밤 | 拼音 bam |
| | 中譯 晚上 |

| 지금 | 拼音 ji geum |
| | 中譯 現在 |

| 방금 | 拼音 bang geum |
| | 中譯 剛才 |

월
月份

085

일월	拼音 i rwol
	中譯 一月
이월	拼音 i wol
	中譯 二月
삼월	拼音 sa mwol
	中譯 三月
사월	拼音 sa wol
	中譯 四月
오월	拼音 o wol
	中譯 五月
유월	拼音 yu wol
	中譯 六月
칠월	拼音 chi rwol
	中譯 七月
팔월	拼音 pa rwol
	中譯 八月
구월	拼音 gu wol
	中譯 九月

시월	拼音 si wol
	中譯 十月
십일월	拼音 si bi rwol
	中譯 十一月
십이월	拼音 si bi wol
	中譯 十二月

일
日期

MP3 086

일일	拼音 i ril
	中譯 一號
이일	拼音 i il
	中譯 二號
삼일	拼音 sa mil
	中譯 三號
사일	拼音 sa il
	中譯 四號
오일	拼音 o il
	中譯 五號
육일	拼音 yu gil
	中譯 六號
칠일	拼音 chi ril
	中譯 七號

팔일	拼音 pa ril
	中譯 八號
구일	拼音 gu il
	中譯 九號
십일	拼音 si bil
	中譯 十號
십일일	拼音 si bi ril
	中譯 十一號
십이일	拼音 si bi il
	中譯 十二號

시
小時

087

한 시	拼音 han si
	中譯 一點
두 시	拼音 du si
	中譯 兩點
세 시	拼音 se si
	中譯 三點
네 시	拼音 ne si
	中譯 四點
다섯 시	拼音 da seot si
	中譯 五點

여섯 시	拼音 yeo seot si
	中譯 六點
일곱 시	拼音 il gop si
	中譯 七點
여덟 시	拼音 yeo deol si
	中譯 八點
아홉 시	拼音 a hop si
	中譯 九點
열 시	拼音 yeol si
	中譯 十點
열한 시	拼音 yeol han si
	中譯 十一點
열두 시	拼音 yeol du si
	中譯 十二點

방향
方向

MP3 088

북쪽	拼音 buk jjok
	中譯 北邊
남쪽	拼音 nam jjok
	中譯 南邊
동쪽	拼音 dong jjok
	中譯 東邊

서쪽	拼音 seo jjok
	中譯 西邊
위쪽	拼音 wi jjok
	中譯 上方
아래쪽	拼音 a rae jjok
	中譯 下方
왼쪽	拼音 oen jjok
	中譯 左邊
오른쪽	拼音 o reun jjok
	中譯 右邊
옆	拼音 yeop
	中譯 旁邊
앞쪽	拼音 ap jjok
	中譯 前方
뒤쪽	拼音 dwi jjok
	中譯 後方

색깔
顏色

089 MP3

흰색	拼音 hin saek
	中譯 白色
검은색	拼音 geo meun saek
	中譯 黑色

노랑색	拼音 no rang saek
	中譯 黃色
녹색	拼音 nok ssaek
	中譯 綠色
초록색	拼音 cho rok ssaek
	中譯 草綠色
파란색	拼音 pa ran saek
	中譯 藍色
빨간색	拼音 ppal kkan saek
	中譯 紅色
핑크색	拼音 ping keu saek
	中譯 粉紅色（pink）
자주색	拼音 ja ju saek
	中譯 紫色
갈색	拼音 gal ssaek
	中譯 褐色
회색	拼音 hoe saek
	中譯 灰色
금색	拼音 geum saek
	中譯 金色

호칭
稱呼

MP3 090

아가씨	拼音 a ga ssi
	中譯 小姐
아저씨	拼音 a jeo ssi
	中譯 大叔
손님	拼音 son nim
	中譯 客人
젊은이	拼音 jeol meu ni
	中譯 年輕人
할아버지	拼音 ha ra beo ji
	中譯 老爺爺
할머니	拼音 hal meo ni
	中譯 老奶奶
아주머니	拼音 a ju meo ni
	中譯 阿姨
부인	拼音 bu in
	中譯 夫人／太太
여사	拼音 yeo sa
	中譯 女士
선생	拼音 seon saeng
	中譯 先生
어린이	拼音 eo ri ni
	中譯 小孩子
꼬마	拼音 kko ma
	中譯 小朋友

과일
水果

MP3 091

| 사과 | 拼音 sa gwa |
| | 中譯 蘋果 |

| 배 | 拼音 bae |
| | 中譯 梨子 |

| 바나나 | 拼音 ba na na |
| | 中譯 香蕉 |

| 딸기 | 拼音 ttal kki |
| | 中譯 草莓 |

| 감귤 | 拼音 gam gyul |
| | 中譯 蜜橘 |

| 오렌지 | 拼音 o ren ji |
| | 中譯 柳橙 |

| 레몬 | 拼音 re mon |
| | 中譯 檸檬 |

| 복숭아 | 拼音 bok ssung a |
| | 中譯 桃子 |

| 멜론 | 拼音 mel lon |
| | 中譯 哈密瓜 |

| 파인애플 | 拼音 pa i nae peul |
| | 中譯 鳳梨 |

| 포도 | 拼音 po do |
| | 中譯 葡萄 |

수박	拼音 su bak
	中譯 西瓜

식사
用餐

아침식사	拼音 a chim sik ssa
	中譯 早餐
점심식사	拼音 jeom sim sik ssa
	中譯 午餐
저녁식사	拼音 jeo nyeok ssik ssa
	中譯 晚餐
일식요리	拼音 il si gyo ri
	中譯 日式料理
중식요리	拼音 jung si gyo ri
	中譯 中式料理
한식요리	拼音 han si gyo ri
	中譯 韓式料理
패스트푸드	拼音 pae seu teu pu deu
	中譯 速食
야채 요리	拼音 ya chae yo ri
	中譯 素食料理
해산물 요리	拼音 hae san mul yo ri
	中譯 海鮮料理

식당	拼音 sik ttang
	中譯 餐館
뷔페	拼音 bwi pe
	中譯 自助餐
메뉴판	拼音 me nyu pan
	中譯 菜單

요리
料理

MP3 093

밥	拼音 bap
	中譯 飯
수프	拼音 su peu
	中譯 湯
디저트	拼音 di jeo teu
	中譯 點心
반찬	拼音 ban chan
	中譯 小菜
국수	拼音 guk ssu
	中譯 麵條
한정식	拼音 han jeong sik
	中譯 韓定食
돌솥비빔밥	拼音 dol sot ppi bim bap
	中譯 石鍋拌飯

떡볶이	拼音 tteok ppo kki
	中譯 辣炒年糕
순두부 찌개	拼音 sun du bu jji gae
	中譯 嫩豆腐鍋
김치찌개	拼音 gim chi jji gae
	中譯 泡菜鍋
삼계탕	拼音 sam gye tang
	中譯 蔘雞湯
불고기	拼音 bul go gi
	中譯 烤肉
김치볶음밥	拼音 gim chi bo kkeum bap
	中譯 泡菜炒飯
부대찌개	拼音 bu dae jji gae
	中譯 部隊鍋
매운탕	拼音 mae un tang
	中譯 辣魚湯
갈비탕	拼音 gal.bi.tang
	中譯 排骨湯
설렁탕	拼音 seol leong tang
	中譯 牛骨湯
해장국	拼音 hae jang guk
	中譯 醒酒湯
갈비찜	拼音 gal ppi jjim
	中譯 燉排骨
보쌈	拼音 bo ssam
	中譯 菜包白切肉

순대	拼音 sun dae
	中譯 米血腸
칼국수	拼音 kal kkuk ssu
	中譯 刀切麵
만두	拼音 man du
	中譯 水餃
비빔냉면	拼音 bi bim naeng myeon
	中譯 涼拌冷麵

패스트푸드
速食

094

햄버거	拼音 haem beo geo
	中譯 漢堡
프렌치프라이	拼音 peu ren chi peu ra i
	中譯 薯條
핫도그	拼音 hat tto geu
	中譯 熱狗
피자	拼音 pi ja
	中譯 披薩
치킨	拼音 chi kin
	中譯 炸雞
콜라	拼音 kol la
	中譯 可樂

아이스크림	拼音 a i seu keu rim
	中譯 冰淇淋
샐러드	拼音 sael leo deu
	中譯 沙拉
스프라이트	拼音 seu peu ra i teu
	中譯 雪碧
사이다	拼音 sa i da
	中譯 汽水
환타	拼音 hwan ta
	中譯 芬達
펩시콜라	拼音 pep ssi kol la
	中譯 百事可樂

육류
肉類

095 MP3

돼지고기	拼音 dwae ji go gi
	中譯 豬肉
닭고기	拼音 dal kko gi
	中譯 雞肉
양고기	拼音 yang go gi
	中譯 羊肉
소고기	拼音 so go gi
	中譯 牛肉

오리고기	拼音 o ri go gi
	中譯 鴨肉
거위 고기	拼音 geo wi go gi
	中譯 鵝肉
소시지	拼音 so si ji
	中譯 香腸
햄	拼音 haem
	中譯 火腿
베이컨	拼音 be i keon
	中譯 培根
갈비	拼音 gal ppi
	中譯 排骨
살코기	拼音 sal ko kki
	中譯 瘦肉
삼겹살	拼音 sam gyeop ssal
	中譯 五花肉

채소
蔬菜

MP3 096

여주	拼音 yeo ju
	中譯 苦瓜
미나리	拼音 mi na ri
	中譯 芹菜

시금치	拼音 si geum chi
	中譯 菠菜
당근	拼音 dang geun
	中譯 紅蘿蔔
가지	拼音 ga ji
	中譯 茄子
부추	拼音 bu chu
	中譯 韭菜
토란	拼音 to ran
	中譯 芋頭
브로콜리	拼音 beu ro kol li
	中譯 花椰菜
호박	拼音 ho bak
	中譯 南瓜
고구마	拼音 go gu ma
	中譯 地瓜
오이	拼音 o i
	中譯 小黃瓜
배추	拼音 bae chu
	中譯 白菜
양파	拼音 yang pa
	中譯 洋蔥
마늘	拼音 ma neul
	中譯 大蒜
파	拼音 pa
	中譯 蔥

생강	拼音 saeng gang
	中譯 生薑
고추	拼音 go chu
	中譯 辣椒
피망	拼音 pi mang
	中譯 青椒
무	拼音 mu
	中譯 蘿蔔
감자	拼音 gam ja
	中譯 馬鈴薯
표고버섯	拼音 pyo go beo seot
	中譯 香菇
상추	拼音 sang chu
	中譯 生菜
옥수수	拼音 ok ssu su
	中譯 玉米
두부	拼音 du bu
	中譯 豆腐

해산물
海產

 097

| 송어 | 拼音 song eo |
| | 中譯 鱒魚 |

뱀장어	拼音 baem jang eo
	中譯 鰻魚
도미	拼音 do mi
	中譯 鯛魚
게	拼音 ge
	中譯 螃蟹
가리비	拼音 ga ri bi
	中譯 干貝
모시조개	拼音 mo si jo gae
	中譯 蛤蜊
굴	拼音 gul
	中譯 牡蠣
성게	拼音 seong ge
	中譯 海膽
오징어	拼音 o jing eo
	中譯 魷魚
다시마	拼音 da si ma
	中譯 海帶
참치	拼音 cham chi
	中譯 鮪魚
새우	拼音 sae u
	中譯 蝦子

빵
麵包

샌드위치	拼音 saen deu wi chi
	中譯 三明治
파이	拼音 pa i
	中譯 派
케이크	拼音 ke i keu
	中譯 蛋糕
도넛	拼音 do neot
	中譯 甜甜圈
아이스크림	拼音 a i seu keu rim
	中譯 冰淇淋
무스케이크	拼音 mu seu ke i keu
	中譯 慕斯蛋糕
치즈케이크	拼音 chi jeu ke i keu
	中譯 起司蛋糕
슈크림	拼音 syu keu rim
	中譯 泡芙
크레프	拼音 keu re peu
	中譯 可麗餅
와플	拼音 wa peul
	中譯 鬆餅
풀빵	拼音 pul ppang
	中譯 鯛魚燒
팥떡	拼音 pat tteok
	中譯 紅豆糕

간식
零食

비스켓	拼音 bi seu ket
	中譯 夾心餅乾
팝콘	拼音 pap kon
	中譯 爆米花
초콜렛	拼音 cho kol let
	中譯 巧克力
캔디	拼音 kaen di
	中譯 糖果
젤리	拼音 jel li
	中譯 果凍
껌	拼音 kkeom
	中譯 口香糖
포테이토칩	拼音 po te i to chip
	中譯 洋芋片
밀크캐러멜	拼音 mil keu kae reo mel
	中譯 牛奶糖
아이스바	拼音 a i seu ba
	中譯 冰棒
푸딩	拼音 pu ding
	中譯 布丁
양갱	拼音 yang gaeng
	中譯 羊羹

과자

拼音 gwa ja

中譯 餅乾

음료
飲料

MP3 100

밀크티

拼音 mil keu ti

中譯 奶茶

핫코코아

拼音 hat ko ko a

中譯 熱可可

요쿠르트

拼音 yo ku reu teu

中譯 養樂多

스포츠 음료

拼音 seu po cheu eum nyo

中譯 運動飲料

포카리스웨트

拼音 po ka ri seu we teu

中譯 寶礦力水得

우유

拼音 u yu

中譯 牛奶

요구르트

拼音 yo gu reu teu

中譯 養樂多

사과 주스

拼音 sa gwa ju seu

中譯 蘋果汁

오렌지 주스

拼音 o ren ji ju seu

中譯 柳橙汁

| 포도 주스 | 拼音 po do ju seu |
| | 中譯 葡萄汁 |

| 레몬 주스 | 拼音 re mon ju seu |
| | 中譯 檸檬果汁 |

| 자몽 주스 | 拼音 ja mong ju seu |
| | 中譯 葡萄柚果汁 |

차
茶

101

| 녹차 | 拼音 nok cha |
| | 中譯 綠茶 |

| 홍차 | 拼音 hong cha |
| | 中譯 紅茶 |

| 우롱차 | 拼音 u rong cha |
| | 中譯 烏龍茶 |

| 아삼홍차 | 拼音 a sam hong cha |
| | 中譯 阿薩姆紅茶 |

| 레몬차 | 拼音 re mon cha |
| | 中譯 檸檬茶 |

| 보리차 | 拼音 bo ri cha |
| | 中譯 麥茶 |

| 옥수수차 | 拼音 ok ssu su cha |
| | 中譯 玉米茶 |

국화차	拼音 gu kwa cha
	中譯 菊花茶
보이차	拼音 bo i cha
	中譯 普洱茶
자스민차	拼音 ja seu min cha
	中譯 茉莉花茶
장미꽃차	拼音 jang mi kkot cha
	中譯 玫瑰茶
박하차	拼音 ba ka cha
	中譯 薄荷茶

커피
咖啡

MP3 102

커피우유	拼音 keo pi u yu
	中譯 咖啡牛奶
아이스커피	拼音 a i seu keo pi
	中譯 冰咖啡
카페라테	拼音 ka pe ra te
	中譯 咖啡拿鐵
카푸치노커피	拼音 ka pu chi no keo pi
	中譯 卡布其諾咖啡
비엔나커피	拼音 bi en na keo pi
	中譯 維也納咖啡

블랙커피	拼音 beul laek keo pi
	中譯 黑咖啡
원두커피	拼音 beul laek keo pi
	中譯 原味咖啡
캔커피	拼音 kaen keo pi
	中譯 罐裝咖啡
블루마운틴	拼音 beul lu ma un tin
	中譯 藍山咖啡
모카커피	拼音 mo ka keo pi
	中譯 摩卡咖啡
각설탕	拼音 gak sseol tang
	中譯 方糖
커피숍	拼音 keo pi syop
	中譯 咖啡館

주류
酒類

103 MP3

맥주	拼音 maek jju
	中譯 啤酒
소주	拼音 so ju
	中譯 燒酒
와인	拼音 wa in
	中譯 紅酒

생맥주	拼音 saeng maek jju
	中譯 生啤酒
위스키	拼音 wi seu ki
	中譯 威士忌
양주	拼音 yang ju
	中譯 洋酒
화이트와인	拼音 hwa i teu wa in
	中譯 白酒
샴페인	拼音 syam pe in
	中譯 香檳
칵테일	拼音 kak te il
	中譯 雞尾酒
막걸리	拼音 mak kkeol li
	中譯 米酒
청주	拼音 cheong ju
	中譯 清酒
흑맥주	拼音 heung maek jju
	中譯 黑啤酒

복식
服飾

104

| 옷 | 拼音 ot |
| | 中譯 衣服 |

셔츠	拼音 syeo cheu
	中譯 襯衫
티셔츠	拼音 ti syeo cheu
	中譯 T恤
스웨터	拼音 seu we teo
	中譯 毛衣
외투	拼音 oe tu
	中譯 外套
바지	拼音 ba ji
	中譯 褲子
치마	拼音 chi ma
	中譯 裙子
원피스	拼音 won pi seu
	中譯 連身洋裝
청바지	拼音 cheong ba ji
	中譯 牛仔褲
미니스커트	拼音 mi ni seu keo teu
	中譯 迷你裙
조끼	拼音 jo kki
	中譯 背心
타이츠	拼音 ta i cheu
	中譯 內搭褲

액세서리
飾品

105

반지	拼音 ban ji
	中譯 戒指
목걸이	拼音 mok kkeo ri
	中譯 項鍊
귀걸이	拼音 gwi geo ri
	中譯 耳環
팔찌	拼音 pal jji
	中譯 手環
뱅글	拼音 baeng geul
	中譯 手鐲
펜던트	拼音 pen deon teu
	中譯 鍊墜
손목시계	拼音 son mok ssi gye
	中譯 手錶
다이아몬드	拼音 da i a mon deu
	中譯 鑽石
수정	拼音 su jeong
	中譯 水晶
진주	拼音 jin ju
	中譯 珍珠
자수정	拼音 ja su jeong
	中譯 紫水晶
보석	拼音 boseog
	中譯 寶石

화장품
化妝品

메이크업베이스	**拼音** me i keu eop ppe i seu
	中譯 隔離霜
파운데이션	**拼音** pa un de i syeon
	中譯 粉底霜
아이라이너	**拼音** a i ra i neo
	中譯 眼線筆
마스카라	**拼音** ma seu ka ra
	中譯 睫毛膏
립스틱	**拼音** rip sseu tik
	中譯 口紅
볼터치	**拼音** bol teo chi
	中譯 腮紅
아이섀도우	**拼音** a i syae do u
	中譯 眼影
인조눈썹	**拼音** in jo nun sseop
	中譯 假睫毛
아이브로우 펜슬	**拼音** a i beu ro u pen seul
	中譯 眉筆
눈썹집게	**拼音** nun sseop jjip kke
	中譯 睫毛夾
브러쉬	**拼音** beu reo swi
	中譯 腮紅刷

컴팩트	拼音 keom paek teu	中譯 粉餅
에센스	拼音 e sen seu	中譯 精華液
보톡스	拼音 bo tok sseu	中譯 玻尿酸
보습제	拼音 bo seup jje	中譯 保濕液
스킨	拼音 seu kin	中譯 化妝水
로션	拼音 ro syeon	中譯 乳液
아이크림	拼音 a i keu rim	中譯 眼霜
립 케어	拼音 rip ke eo	中譯 護唇膏
핸드크림	拼音 haen deu keu rim	中譯 護手霜
마스크 팩	拼音 ma seu keu paek	中譯 面膜
보습 마스크 팩	拼音 bo seup ma seu keu paek	中譯 保溼面膜
미백 마스크 팩	拼音 mi baek ma seu keu paek	中譯 美白面膜
훼이셜 클렌저	拼音 hwe i syeol keul len jeo	中譯 洗面乳

신
鞋子

신발	拼音 sin bal
	中譯 鞋子
구두	拼音 gu du
	中譯 皮鞋
하이힐	拼音 ha i hil
	中譯 高跟鞋
운동화	拼音 un dong hwa
	中譯 運動鞋
슬리퍼	拼音 seul li peo
	中譯 拖鞋
샌들	拼音 saen deul
	中譯 涼鞋
부츠	拼音 bu cheu
	中譯 靴子

안경
眼鏡

| 선글라스 | 拼音 seon geul la seu |
| | 中譯 太陽眼鏡 |

콘텍트렌즈	拼音 kon tek teu ren jeu
	中譯 隱形眼鏡
돋보기 안경	拼音 dot ppo gi an gyeong
	中譯 老花眼鏡

서적
書籍

MP3 109

신문	拼音 sin mun
	中譯 報紙
소설	拼音 so seol
	中譯 小說
잡지	拼音 jap jji
	中譯 雜誌
만화책	拼音 man hwa chaek
	中譯 漫畫書
그림책	拼音 geu rim chaek
	中譯 繪本
시집	拼音 si jip
	中譯 詩集
사전	拼音 sa jeon
	中譯 字典
교과서	拼音 gyo gwa seo
	中譯 教科書

동화책	拼音 dong hwa chaek
	中譯 童書
전문서적	拼音 jeon mun seo jeok
	中譯 專業書籍
여행서	拼音 yeo haeng seo
	中譯 旅遊書
백과사전	拼音 baek kkwa sa jeon
	中譯 百科全書

병원
醫院

110 MP3

내과	拼音 nae gwa
	中譯 內科
외과	拼音 oe gwa
	中譯 外科
피부과	拼音 pi bu gwa
	中譯 皮膚科
소아과	拼音 so a gwa
	中譯 小兒科
산부인과	拼音 san bu in gwa
	中譯 婦產科
치과	拼音 chi gwa
	中譯 牙科

안과	拼音 an gwa
	中譯 眼科
비뇨기과	拼音 bi nyo gi gwa
	中譯 泌尿科
이비인후과	拼音 i bi in hu gwa
	中譯 耳鼻喉科
정형외과	拼音 jeong hyeong oe gwa
	中譯 骨科
성형외과	拼音 seong hyeong oe gwa
	中譯 整型外科
내분비내과	拼音 nae bun bi nae gwa
	中譯 內分泌科

약품
藥品

MP3 111

두통약	拼音 du tong yak
	中譯 頭痛藥
위장약	拼音 wi jang yak
	中譯 胃腸藥
변비약	拼音 byeon bi yak
	中譯 便秘藥
감기약	拼音 gam gi yak
	中譯 感冒藥

안약	拼音 a nyak
	中譯 眼藥水
소화제	拼音 so hwa je
	中譯 消化劑
해열제	拼音 hae yeol je
	中譯 退燒藥
진통제	拼音 jin tong je
	中譯 止痛藥
연고	拼音 yeon go
	中譯 藥膏
면봉	拼音 myeon bong
	中譯 棉花棒
붕대	拼音 bung dae
	中譯 繃帶
반창고	拼音 ban chang go
	中譯 OK繃

韓語館 系列 07

輕鬆學韓語－旅遊會話篇

 編著　金妍熙　 執行編輯　呂欣穎　 美術編輯　翁敏貴

出版社

22103　新北市汐止區大同路三段１８８號９樓之１
TEL　（02）8647-3663
FAX　（02）8647-3660

Parrot 語言鳥

法律顧問　方圓法律事務所　涂成樞律師

總經銷：永續圖書有限公司
永續圖書線上購物網
www.foreverbooks.com.tw

CVS代理　美璟文化有限公司
　　　　　TEL　（02）2723-9968
　　　　　FAX　（02）2723-9668
出版日　2012年10月

國家圖書館出版品預行編目資料

輕鬆學韓語. 旅遊會話篇 / 金妍熙編著. -- 初版.
　-- 新北市：語言鳥文化，民101. 10
　　　面；　公分. --（韓語館；7）
　ISBN 978-986-87974-8-2（平裝附光碟片）

　　1. 韓語 2. 旅遊 3. 會話

803. 288　　　　　　　　　　　　101015371

輕鬆學韓語－旅遊會話篇

感謝您對這本書的支持，請務必留下您的基本資料及常用的電子信箱，以傳真、掃描或使用我們準備的免郵回函寄回。我們每月將抽出一百名回函讀者寄出精美禮物，並享有生日當月購書優惠價，語言鳥文化再一次感謝您的支持與愛護！

想知道更多更即時的消息，歡迎加入"永續圖書粉絲團"

傳真電話：　　　　　　　　　電子信箱：
（02）8647-3660　　　　　　yungjiuh@ms45.hinet.net

基本資料

姓名：＿＿＿＿＿ ○先生　電話：＿＿＿＿＿
　　　　　　　　 ○小姐

E-mail：＿＿＿＿＿

地址：＿＿＿＿＿

購買此書的縣市及地點：＿＿＿＿＿

□連鎖書店　□一般書局　□量販店　□超商

□書展　　　□郵購　　　□網路訂購　□其他

您對於本書的意見

內容	:	□滿意	□尚可	□待改進
編排	:	□滿意	□尚可	□待改進
文字閱讀	:	□滿意	□尚可	□待改進
封面設計	:	□滿意	□尚可	□待改進
印刷品質	:	□滿意	□尚可	□待改進

您對於敝公司的建議

＿＿＿＿＿＿＿＿＿＿＿＿＿＿＿＿＿＿＿＿

＿＿＿＿＿＿＿＿＿＿＿＿＿＿＿＿＿＿＿＿

新北市汐止區大同路三段188號9樓之1

語言鳥文化事業有限公司

編輯部 收

請沿此虛線對折免貼郵票，以膠帶黏貼後寄回，謝謝！

語言是通往世界的橋梁

語言鳥Parrot
語言是通往世界的橋梁

語言是通往世界的橋梁